LA ROBE

BRUNO GAY-LUSSAC

La Robe

nrf

GALLIMARD

Il a été tiré de l'édition originale de cet ouvrage trente-cinq exemplaires sur vélin pur fil Lafuma-Navarre numérotés de 1 à 35.

A Florence.

I

C'est une forme blanche. On la confond avec le rideau de tulle qui, dans le rectangle de lumière, se gonfle puis ondule en formant des plis. Lorsqu'elle passe devant la fenêtre, elle s'assombrit. Ses contours sont alors plus nets, bien qu'il soit impossible d'en suivre attentivement les lignes. Elle ne s'arrête pas. Elle redoute de devenir une ombre.

C'est pourquoi elle se tient, en général, dans la partie la moins éclairée de la chambre dont les murs sont faits de lattes de bois verni. Elle évolue, de préférence, entre la table de toilette et un meuble massif, situés dans l'angle le plus obscur de la pièce. La cruche, la cuvette, le marbre et le seau forment une tache vague et bleutée. Une serviette est posée sur un cadre de bois nu.

La forme blanche disparaît quelquefois dans le corridor en empruntant la porte située à la droite de la toilette. Les barreaux du lit de fer se découpent avec précision sur le rectangle de ciel, aveuglant, malgré le rideau de tulle taché, çà et là, de points noirs, mouches ou moustiques dont le bourdonnement aigu, douloureux, contraste avec les bruits limpides du dehors.

La gamme de ces bruits est peu étendue. Pendant un espace de temps assez court, ils se manifestent tous, puis se répètent, dans une période plus longue ou plus brève, mais pas toujours dans le même ordre, ce qui n'exclut pas une impression de monotonie. Certains dominent les autres, donnent le ton : le halètement saccadé d'une vedette à moteur, un tintement de vaisselle provenant de la cuisine de l'hôtel, ou bien l'appel sourd, guttural, des marins s'interpellant à longue distance, et aussi des voix de femmes et d'enfants jouant sur la plage. Bruits dont le rythme est réglé par celui des vagues qui, au loin, s'écrasent dans un sifflement d'ouragan.

Derrière le rideau se manifeste donc un ensemble d'activités invisibles mais brutales, liées à la lumière du jour dont elles semblent nées, comme si tous ces sons faisaient irruption des profondeurs de la terre.

Les boiseries de la chambre craquent en réveillant un parfum de résine, tandis que d'invisibles grains de sable, des poussières de sel viennent se fixer sur les paupières, sur les lèvres, et les brûlent. Cette douleur, l'intensité métallique de tous ces bruits, ce rectangle de lumière qu'un oiseau aux ailes très fines traverse comme une flèche, inspirent à la longue une sensation d'étouffement.

Il n'est pas possible de fuir.

Ainsi, dans ce matin d'été, la fenêtre ouverte annonce la violence. Seul l'oiseau, en jetant un sifflement bref, semble libre d'y échapper. Son cri est déjà un signal d'alerte. Ou bien, il signifie qu'il est encore temps de s'évader.

Où aller ?

La chambre est un refuge, fragile sans doute, et aussi une prison autour de laquelle vient se briser cette marée menaçante. A l'intérieur de la pièce, on peut déjà déceler certains signes d'hostilité muette, une cruauté qui enrobe les choses et les neutralise : le fer du lit, les objets de toilette, parlent d'une discipline imposée au corps. La glace de l'armoire offre l'image morte du mur, alors que la chaise attend un vêtement, le poids d'un être vivant, et accepte déjà sa propre destruction, comme ces cloisons de bois qui frémissent lorsqu'un pas inconnu traverse le corridor.

Personne ne sait que le corps qui est étendu souffre d'une démangeaison qui irrite le cou, le bord des lèvres, la saignée des genoux. Ce vague gémissement qui sort des lèvres closes voudrait peut-être révéler à la forme blanche, un désir. Quel désir ?

Cette plainte, inexprimée, uniforme, dissimule une douleur inconnue, un appétit sans nom. Ou bien, elle signifie, tout simplement, que la vie est là et s'écoule.

La forme blanche vient près du lit, approche son visage de l'oreiller. Elle fait le geste d'avancer la main. Sa figure s'incline dans le contre-jour. D'où vient cet apaisement qui permet soudain d'entendre le bruit de la mer, le grincement des embarcations contre la jetée ? Dehors, les rires montent, eux aussi, sans colère. La foule a oublié l'existence de cette chambre. Elle accepte que s'y déroule une histoire à l'écart du monde.

La forme blanche s'est éloignée du lit.

Elle parle. Quelqu'un est entré dans la pièce et s'assied sur la chaise. C'est une silhouette lourde. Elle porte des vêtements noirs, un large collier dans lequel s'enroulent ses longs doigts. Elle soupire en agitant un linge de couleur, pour s'aérer. On ne comprend pas ce qu'elle dit. Ses paroles s'effritent, se brisent comme des lamelles de verre. Sa voix s'éteint peu à peu. La chaleur l'accable, elle aussi.

La forme blanche parle, tout bas. On peut comprendre certains mots : « le bain »... « habits »... « déjeuner ». Dans l'indéchiffrable musique des autres paroles, il y a un sens caché, mais presque révélé. Elle ouvre l'armoire, cherche des vêtements, revient près du lit, écarte le drap. Elle se penche vers l'oreiller, attire le corps en le prenant sous les bras.

A présent le corps est assis et nu. Les yeux peuvent voir, une partie de l'estuaire, l'autre rive, des maisons en bois dans les genêts. Ils voient aussi le parquet clair et, dans les rainures, des traces de sable. Ils frôlent des cheveux qui sentent le savon, le lait. La culotte de bain, la chemise, sont enfilées rapidement, le corps suivant avec docilité les mouvements qu'impose une pression de main, quelquefois un ordre pas toujours compris.

Le lit grince. Pendant quelques instants, le corps paraît attiré vers le vide, fasciné par le sol. Une force le retient, comme si sa vraie place était celle qu'il vient de quitter.

Allongé, il écoutait, en effet, les bruits du dehors mais ne participait à rien, protégé par son immobilité. A présent il voit ses sandales de cuir fixées aux pieds. Elles annoncent l'effort, le commencement d'une lutte. Les mouvements de l'ombre blanche sont déjà plus nerveux, presque brusques. Lorsqu'elle attire le corps à terre, on dirait qu'elle veut le contraindre à mesurer, d'un seul coup, la taille des meubles et aussi cet aspect nouveau, à la fois provocant et attentif, des choses. Ainsi, pénètre-t-il dans un univers debout, où tous les objets se trouvent engagés, comme emportés par un mouvement irrésistible et sans but auquel la forme blanche elle-même est soumise.

La douceur de ses gestes, la fragilité de ses traits s'effacent ; la ligne floue de son corps devient plus nette, plus sévère. Les plis de la jupe, le corsage, les manches bouffantes ne sont plus fondus dans le blanc du corps. Ce sont, à présent, des vêtements identifiables et communs, assez semblables à ceux de la forme noire dont les souliers à boutons sont posés d'aplomb sur le parquet, les talons bien ancrés dans le sol, tandis que les quatre pieds de la chaise paraissent se raidir sous ce poids énorme.

La petite main s'est agrippée à un barreau du lit. Le barreau est frais. Dès qu'il s'échauffe au contact de la peau, la main se déplace. Le corps est légèrement penché de côté, les genoux pliés. Les yeux sont naturellement revenus vers la fenêtre, cherchant dans les nuages qui sont apparus des formes rappelant des objets, des visages connus.

La mère a pris la main de l'enfant dans la sienne. Elle a ouvert la porte. Le corridor est long. L'enfant avance en prenant appui contre le mur qu'il frôle de son épaule. Les deux ombres marchent derrière lui. A droite et à gauche, d'autres portes entrouvertes découvrent des lits défaits, des toilettes en désordre, des femmes en tablier qui lui font des signes, en poussant de petits cris acides dans le but de l'effrayer, ou pour le faire rire. Le même spectacle, les mêmes grimaces se renouvellent devant chaque chambre.

Au bout du corridor, l'enfant s'arrête. L'escalier est raide. A travers les barreaux de la rampe, on aperçoit le carrelage du vestibule en forme de damier et le trépied en col de cygne du portemanteau où sont suspendus des cannes et un panama délavé. On voit aussi des chaises de paille, alignées le long du mur. Une servante lave le sol à l'aide d'une serpillière qui dégorge un liquide noir. Elle tourne le dos à l'escalier et se tient à genoux, montrant son postérieur, les semelles de ses pantoufles, et ses avant-bras.

L'enfant descend. La mère compte ses pas. La voix est sèche, indifférente semble-t-il. En bas, les portes battent, les rideaux s'engouffrent dans l'entrebâillement des fenêtres, se gonflent, s'étranglent ou se déploient en faisant d'étranges signaux, comme pour jeter l'alarme.

Les deux femmes n'attachent aucune importance à ce vacarme. Il y a d'ailleurs, dans leur démarche, quelque chose de mécanique, un mouvement cassé d'automates, une rigidité de poupées. Leurs talons claquent en cadence. Elles écoutent ce bruit avec une satisfaction évidente, comme s'il les aidait à dominer une inquiétude, le désir de fuir et de remonter dans la chambre, au lieu de descendre vers la plage.

Elles avancent au milieu de la rue. Leurs souliers soulèvent des nuages de poussière qui se perdent sous leurs longues jupes. Chacune a saisi un poignet de l'enfant qu'elles entraînent. Le petit corps bute, trébuche, mais il est prestement rattrapé, redressé, dans un mouvement de balançoire brutal, tandis qu'une réprimande fuse des lèvres de la femme en noir.

La route est nue, sans arbres. Les maisons basses, en retrait, paraissent fragiles, posées sur le sable, prêtes, au moindre coup de vent, à suivre la pente du terrain pour descendre vers la mer, comme cette carriole immobile et vide dont les roues sont retenues par le seul poids du cheval. Dans un effort énorme, les jarrets tendus, l'animal contient la poussée des brancards. Une écume jaunâtre souille son encolure et ses flancs. Un chasse-mouches fait de lanières de cuir dissimule les yeux et le front. La tête penchée en avant, il regarde le sol, flairant les cailloux brûlants, tandis que de sa bouche s'écoule une salive claire. Les deux femmes ne l'ont pas vu, mais il s'est retourné de leur côté. Il voudrait les suivre et marcher au trot dans les flots.

L'enfant imagine le bruit furieux de cette carcasse de bois, éclatant dans l'écume. Il voit le cheval traînant, comme de longues algues, ses harnais déchirés. C'est pourquoi son immobilité l'étonne. Ne dirait-on pas qu'une sourde menace le paralyse, menace identique à celle qui pousse, au contraire, les deux femmes vers la mer ?

Dès qu'un pas retentit, dès qu'une voix s'élève au loin, l'enfant s'enfonce un peu plus dans l'ombre des deux jupes. Il en est vite retiré, poussé en avant sans ménagement, offert aux regards. Les deux femmes sont fières de lui. L'avenue s'est élargie, découvrant la plage, à droite et à gauche, sur une grande étendue, l'estuaire de la rivière et le ponton, où sont amarrées des barques. On distingue aussi des cabines de bains en bois blanc et, dans les dunes, des groupes de gens rassemblés, vêtus de costumes clairs et coiffés de chapeaux à larges bords.

L'océan apparaît à l'horizon, longue nappe éblouissante, précédée d'une ligne vaporeuse dont on devine le mouvement tumultueux, tandis qu'un rugissement uniforme se substitue, peu à peu, au bruit de la foule que, bientôt, l'on n'entend plus.

La plage descend en pente douce. Les ondulations qu'y ont laissées les vagues, l'enfant les franchit sans les toucher. Il observe avec attention les coquillages. Ouverts comme des mains, ils paraissent attendre, là, depuis des siècles, s'offrir à lui, le supplier de ne pas s'éloigner. Ce monde inerte regarde l'enfant et se soumet à lui. Une barque ensablée, couchée sur le côté, devient, à mesure qu'il s'en approche, quelque chose qui l'examine, qui l'attend, qui se souvient de lui, de ses habitudes, et dont le parfum de goudron chaud — la coque en est recouverte jusqu'à la ligne de flottaison — est devenu si familier, qu'à peine reconnu, il rassure.

Les deux femmes se sont assises. A quelques pas devant elles, l'enfant contemple tantôt la mer, tantôt la barque. Ce renflement de la proue, levée vers le ciel, forme une ombre mince sur le sable, le long de la quille recouverte d'herbes marines où des crabes — dont on devine le mouvement continu des pinces — sont venus se cacher. Quelques-uns sortent de leur abri pour s'enterrer un peu plus loin. D'autres se risquent à la lumière, puis disparaissent derrière la coque.

L'enfant est pieds nus. Il n'a rien à faire. Il sait que les crabes le regardent, que les deux femmes le regardent. S'il avance encore de quelques pas, on le rappellera. Il s'agenouille, promène les mains sur le sable, et les y enfonce. Le sable est chaud, mais très vite plus frais, humide. Les grains forment d'abord une poudre tiède, unie ; puis leur contact devient râpeux. L'odeur qui monte du sol est âcre, odeur d'algues pourries, de poisson mort. L'enfant creuse. Il ne sait pas pourquoi il creuse.

Le trou est maintenant assez profond pour y enfoncer le bras jusqu'à l'épaule. Il s'étend donc de tout son long. La joue appuyée sur le sol, il promène la main au fond du trou, égrène le sable, palpe un coquillage. Le visage tourné vers l'océan, il observe l'horizon. De temps en temps, il ferme les yeux et, dans l'obscurité de ses paupières, des cercles de couleur, de dimension variée, évoluent à un rythme lent, traversés d'étoiles brillantes qui se perdent dans une nuit plus profonde que la vraie nuit. Certains objets y prennent naissance, se rapprochent à une grande vitesse, se cognent entre eux pour se dissoudre ou s'unir, se souder et former de nouveaux objets aux contours géométriques, taillés en multiples facettes.

Cet univers, l'enfant s'y perd, jouissant

de sa solitude au milieu de ces astres nouveaux dont les évolutions sont issues d'une puissance inconnue et paisible. Il se souvient de la position de son bras ; il entend la voix de la mère qui ignore ce qu'il voit. Alors, il ouvre les yeux et feint de s'intéresser à ce trou, qui est à lui, dont il ne sait que faire, qu'il peut effacer en y précipitant quelques pelletées de sable. Mais il préfère y plonger vainement les yeux, étonné de cette multitude de grains qui le regardent, eux aussi, comme les crabes sous la barque.

Il se lève. Il a besoin de vide, d'espace sans obstacle. Il avance dans la direction de la mer. La mer n'est pas un obstacle. Elle est loin, noyée dans un brouillard lumineux. Elle n'est que mugissement et lumière. Elle est un mot blanc et salé.

L'enfant s'arrête. Il dit : « La mer. La mer. » Tout autour de lui, s'étend à perte de vue un reflet de vase laquée. Il frappe du pied à plusieurs reprises, écoutant le claquement boueux du sol. Ce bruit ne l'apaise pas. Il regarde ses mains, ses jambes. Il attend d'elles une initiative indépendante de lui. Son corps est seul, mais il est encore plus seul dans son corps. Est-il autre chose que son corps ? S'il a le pouvoir de bouger les pieds, il devine un lien familier entre le sable et ses pieds. Ses pieds appartiennent davantage à la terre qu'à lui-même.

Son corps est indifférent à son inquiétude.

Il répète, à plusieurs reprises, « moi, moi ». Il frappe encore du pied pour sortir de son corps. Il serre les poings, il balaie l'air de ses bras, crispe les mâchoires. Il voudrait marcher vers les vagues, mais il ne le peut pas. Les mouettes, qui planent autour de lui, lui font des signes d'adieu. Dans le lent mouvement de leurs ailes, se dissimule le geste d'une main, un sourire qui voudrait le rassurer et lui promet des joies terrestres inimaginables.

Lorsqu'il se retourne vers la plage, il

voudrait voir un spectacle rassurant. Mais la mère ne le regarde pas. Elle est étendue sur le côté, le coude enfoncé dans le sable, la tête reposant dans sa main ouverte. Elle a rabattu les bords de son grand chapeau, pour se protéger du soleil, tandis que sous la jupe, largement étalée, on voit la forme des genoux repliés. Elle a enlevé ses souliers, découvrant ses longs pieds blancs, ses fines chevilles immobiles, croisées l'une sur l'autre.

Derrière elle, un homme est debout, une raquette sous le bras. Il se tient droit, de profil. Il porte un pantalon blanc, une chemise dont le col très haut est fermé. Il regarde l'horizon d'un air à la fois grave et indifférent. A cause du soleil, quelques rides dessinent sur son visage majestueux une grimace tendue qui souligne l'austé- rité naturelle de ses traits. Il ne s'est pas encore tourné du côté de l'enfant. De même, paraît-il ignorer la mère qu'il domine de sa haute silhouette, et à laquelle sa présence semble interdire tout mouvement naturel. C'est pourquoi, elle feint de se désintéresser de l'enfant.

La forme noire est assise un peu à l'écart, dans l'ombre de la barque. Un journal est ouvert sur ses jambes allongées. Le père l'écoute. Elle lit à voix haute, pour lui plaire, des nouvelles graves, inspirées par une puissance mystérieuse qu'ils respectent l'un et l'autre. La mère est distraite.

L'enfant remonte vers eux. Le père ne le regarde pas davantage. Sans doute, suit-il l'évolution des voiliers dans l'embouchure de la rivière, ou quelque objet plus lointain encore. Peut-être, cherche-t-il à attirer l'attention de la foule qui erre dans les dunes. Sa chemise, gonflée par le vent, sa raquette brillante ne peuvent inspirer que respect et admiration.

D'un pas alerte et décidé, le voici qui s'éloigne. Il fait un signe rapide à la mère qui s'est retournée pour le suivre des yeux. Il remonte dans la direction des dunes, marchant vers la foule avec assurance. Très vite, on le perd de vue au milieu des promeneurs. Il n'est bientôt plus possible de distinguer sa silhouette. On peut alors se demander si ces gens, là-bas, ne l'ont pas saisi par les épaules et renversé, peut-être même étouffé, piétiné.

Sa disparition met en évidence l'isolement et la fragilité du groupe que les deux femmes forment à présent avec l'enfant. La mère fixe l'enfant, mais elle ne le voit pas et suit, à travers son jeune visage, une pensée triste. Elle ignore que l'enfant l'observe. L'enfant devine sa peine, qu'il reçoit sur lui comme un vent froid. Il n'ose plus jouer. Le sable qui s'étend à l'infini et cette tristesse de la mère s'unissent, soudain, dans un même ennui.

Il s'éloigne.

Il voudrait qu'elle s'étonne de sa démarche hésitante et qu'elle s'inquiète lorsqu'il disparaît derrière la barque. Mais elle ne l'appelle pas. A l'abri du vent, il entend, en écho, les bruits de la foule parquée dans les dunes. L'embarcation, renversée sur le côté, est une énorme mâchoire entrouverte et vide au fond de laquelle une flaque d'eau reflète son visage. Un crabe, engourdi par la chaleur, remonte le long de la paroi, glisse jusqu'au fond, remonte, puis tombe encore et s'immobilise en plein soleil, les pinces repliées sous sa carapace. L'enfant se penche, avance le bras et parvient, du bout des doigts, à toucher l'eau. Elle est chaude et gluante. L'odeur qui se dégage des planches desséchées ne ressemble à aucune odeur connue. Il la respire avec ivresse. Elle envahit son ennui. Elle devient son ennui même. La vue du crabe, de la flaque d'eau, le sifflement de la brise contre la coque, la blancheur des planches, le bruit lointain de la foule, deviennent une seule et même matière indéfinie, engloutie dans son ennui. Il est prisonnier de cette odeur. Il ne peut plus s'en défaire. Lorsqu'il relève la tête, il titube.

Les deux femmes sont là, à quelques pas. Elles avancent dans le contre-jour. Leurs larges robes forment deux ombres devant le soleil. Elles saisissent l'enfant par la main et s'éloignent rapidement.

Elles remontent le long du fleuve et s'arrêtent près du débarcadère. Des passagers ont pris place sur le bac qui assure la liaison avec l'autre rive. Ils sont assis sur des bancs de bois qu'une bâche protège du soleil et de la suie épaisse que dégage la cheminée du navire. D'autres passagers sont parqués dans un enclos entouré de chaînes que surveille un gardien. Les promeneurs, qui stationnent sur le quai, ont l'air d'envier ceux qui partent, ou de les plaindre. L'autre rive, en effet, n'a rien d'attrayant. Pointe de sable et de lande, que vont y faire tous ces gens ? La plupart, il est vrai, portent sous le bras un panier ou un sac contenant, sans doute, une abondante collation. A les observer attentivement, aucun d'eux ne manifeste d'une manière quelconque sa satisfaction. Tous, paraissent accablés ou résignés et jettent des coups d'œil de regret vers la rive qu'ils vont quitter, vers les hôtels où ils habitent.

Le fleuve est assez agité. De lourdes vagues viennent se briser contre la coque noire dont les flancs s'écrasent contre les poutres du ponton, dans un grincement prolongé, alarmant. Spectacle dont les estivants, restés à terre, tirent une évidente satisfaction. Certains ont formé de petits groupes et échangent leurs impressions sur l'état de la mer. D'autres ont pris place à la terrasse de l'estaminet accolé au bureau qui sert de salle d'attente, par temps de pluie. Ils ne quittent pas le bac des yeux, comme s'ils avaient l'habitude de venir là tous les jours, pour observer le comportement des passagers, espérant qu'un incident quelconque retardera le départ. Ils ne dédaignent pas, non plus, de jeter un coup d'œil sur les baigneurs qui, un peu en amont du fleuve, nagent dans une crique abritée des vagues où des barques sont amarrées. De l'estaminet s'échappe la musique grêle d'un phonographe dont on devine, à travers les vitres, l'énorme cornet de cuivre.

Les deux femmes n'osent plus avancer. L'enfant sent la main de la mère se refermer étroitement sur la sienne. Elle veut lui communiquer le trouble qu'éveillent en elle ce spectacle, cette musique, ce chant éraillé de femme, ces consommateurs attablés dont l'indifférence est feinte. La forme noire s'éloigne seule et remonte vers l'hôtel en empruntant le sentier de sable à travers les pins.

La mère hésite. Il est clair que quelque chose la retient et l'attire vers le débarcadère dont le bac se détache lentement, dans un grondement de chaînes qui domine le battement des hélices. Sans lâcher la main de l'enfant, elle l'a oublié. Pourtant elle lui parle, pour se donner du courage, de l'audace. Il y a de la curiosité dans sa voix et aussi le désir d'éveiller celle de l'enfant ou d'y obéir, ou de feindre d'y céder.

D'un mouvement brusque, elle a retiré

son grand chapeau. Ses cheveux dépeignés tombent en mèches le long de ses joues. Sa paume est devenue moite. Des passagers du bac font des signes vers la rive, comme s'ils disaient pour toujours adieu à des amis. Elle y répond, pour s'amuser, pour les étonner. Pourquoi n'aurait-elle pas reconnu quelqu'un, des gens de l'hôtel, un visage ? La vie de la mère est un paysage où passent et repassent des gens qui font des signes, paysage où elle s'égare souvent, entraînant l'enfant.

Et voici que l'enfant se sent perdu. Le bac n'existe peut-être pas. Ce voilier qui tente de franchir la passe en prenant de la gîte, il l'a vu ailleurs, glissant entre des îles aux rivages de marbre. Ces promeneurs qui le frôlent, cette voix éraillée de femme qui chante, pourquoi les craindrait-il, puisqu'ils sont peut-être issus du monde intime de la mère dont il partage, avec elle seule, le spectacle. Il embrasse la main qui tient la sienne. Il sent l'alliance froide sur ses lèvres.

33

2

Aussi, n'est-il pas inquiet lorsqu'un inconnu apparaît et s'avance vers eux d'un pas hésitant. Mais c'est elle, plutôt, qui va à sa rencontre. Il se tenait assis sur un banc, qu'il a quitté en la voyant, pour ébaucher un salut, vite réprimé, craignant de ne pas être reconnu. Elle a baissé la tête, pour la relever très vite et sourire à son tour.

A présent, ils parlent du temps, de la fin des vacances. La main de l'homme frôle l'oreille de l'enfant. Il porte des chaussures soigneusement cirées, sur lesquelles tombe le pli rectiligne de son pantalon de flanelle blanche. Sa veste, elle aussi, est blanche. Il parle lentement. Chacune de ses paroles a un sens double, nécessitant une attention particulière. C'est un langage chiffré, dont le secret est dans le ton, la cadence et les silences plus ou moins prolongés qui suivent chaque phrase, quelquefois inachevée. Certains mots prennent dans sa bouche une signification inhabituelle, créant un dépaysement que l'enfant voudrait prolonger. Le mot « bac », par exemple, ressemble à « malheur » ; « votre mari » à « voyage ».

Plus il parle, plus le monde change. La balustrade du débarcadère devient la rambarde d'un paquebot s'enfonçant dans un horizon de verdure et de dunes. Les promeneurs ont l'air de fuir, de se disperser. Ils deviennent des objets immobiles ou en mouvement, mais indifférents à cet homme, à cette femme, à cet enfant. Le grincement du phonographe, les consommateurs assis devant l'estaminet, le halètement du bac qui s'éloigne ne sont plus des menaces, mais des images floues, absurdes. Le fleuve, lui aussi, a changé d'aspect. C'est une nappe aveuglante où l'enfant reconnaît l'éclat d'une ville, traversée, dans un temps révolu, aux côtés de la mère.

Elle n'a pas lâché sa main. Il l'entend rire. Elle a coiffé son chapeau, qu'elle retient du bout des doigts à cause du vent, tandis que l'homme joue avec sa canne. Ils ont quitté les bords du fleuve et, à pas lents, remontent dans la direction de l'hôtel. Une allée de pins dissimule les dunes. Très vite, apparaissent la grande baie de la salle à manger, le tennis. Des joueurs évoluent sur le court, s'entrecroisent à un rythme saccadé, quelquefois désordonné, soudain rapide et fiévreux, puis ralenti. D'autres joueurs, à l'écart, forment un petit groupe et bavardent. Parmi eux, on reconnaît le père.

La mère s'arrête, saisie d'étonnement. L'homme qui l'accompagne s'arrête à son tour. Son silence est déférent et attentif. Ainsi semblent-ils, l'un et l'autre, condamnés à une longue immobilité comme s'ils avaient oublié, non seulement la raison pour laquelle ils cheminaient côte à côte, mais aussi les circonstances de leur rencontre. Il peut donc leur paraître absurde d'user du langage courant pour mettre fin à leur entretien ou le prolonger.

Le bruit métallique des balles encercle cet espace où ils sont réunis tous les trois, dont ils ne peuvent plus sortir et qui,

36

soudain, les condamne. L'ombre noire que les branches projettent sur le chemin souligne l'hostilité inattendue de la nature. La mère a tourné les yeux vers l'extrémité de l'allée où l'on peut lire, peint en blanc sur la grille de l'hôtel : « OASIS DE LA PLAGE. »

L'homme s'éloigne. Le paysage change. La façade de l'hôtel a pris l'aspect d'une maison inhabitée, recueillant l'ennui des regards et l'écho de voix anonymes montant de la plage.

La main de la mère est froide.

La salle à manger domine le paysage qu'ils viennent de traverser. Au loin, le débarcadère, le chemin qui longe le fleuve ; plus près, l'allée de pins. La mère regarde par la fenêtre. Ses yeux s'arrêtent sur un point précis dont elle ne peut plus distraire son attention. L'enfant, lui aussi, regarde dehors et fouille tous les recoins du paysage, pour retrouver la silhouette de l'étranger. De sa place, il peut suivre, à travers les branches, le déplacement des joueurs dont les exclamations retiennent l'attention des pensionnaires.

Un à un, ils sont venus occuper les tables et parlent à voix basse. Ils viennent de la plage. La menace qu'ils inspiraient alors a changé de nature. Leur éparpillement — ils ne sont guère plus de deux ou trois par table — les désunit. Ils ont oublié la force qu'ils représentaient ensemble, dans les dunes. Cependant, à leur insu, une secrète solidarité les unit, une ressemblance dans les gestes et leur façon de manger.

L'enfant sent le poids de cette force hostile, engourdie. Il regarde par la fenêtre et cherche, dehors, un apaisement. Mais ce paysage, qu'il connaît bien, est devenu le prolongement et le reflet des pensionnaires qui, eux aussi, ont le loisir de contempler chaque jour le même spectacle, spectacle d'arbres, de prairies, de dunes que leurs regards, en se les appropriant, ont usé, terni et, d'une certaine manière, sali.

Il sait que les éléments dont ce paysage est fait, arbres, rochers, taillis, ignorent autant le regard de ces gens que le paysage dont ils font partie. Ils sont donc, eux aussi, comme lui, absolument seuls. C'est pourquoi, il s'efforce de les détacher de cet ensemble, de cet horizon, d'oublier l'endroit d'où il les contemple, comme s'il se trouvait sur quelque sommet imaginaire. Mais il n'a pas le temps de jouir de leur beauté propre, de leur étrangeté. Très vite, il les rattache au cadre de sa vie dont les odeurs et les bruits l'assaillent de toutes parts. Ces arbres, cette allée, le fleuve sont, d'une certaine manière, aussi loin de lui que certains souvenirs de rêves, dont on ne garde que des bribes et que l'on confond avec son propre passé.

De l'autre côté du fleuve, le ciel s'est obscurci. Pour s'isoler davantage, l'enfant observe attentivement le mouvement de ces plaques de lumière qui, pareilles à des draps de brume, relient entre elles les nappes de nuages avançant vers la mer. Il suit leur reflet sur d'autres nuages plus éloignés dont la bordure argentée prend, peu à peu, la couleur de l'or, puis s'assombrit.

Sur le débarcadère, il voit la silhouette d'un jeune garçon. Cette apparition n'a pas attiré le regard de la mère, pas davantage celui des pensionnaires, assis près des fenêtres. Le jeune garçon est seul et marche le long du quai désert. Inoccupé, il n'attache que peu d'intérêt à ce qui se passe sur l'autre rive où le bac vient d'accoster. On peut se demander ce qui l'a conduit ici, d'où il vient, s'il était accompagné et, dans ce cas, pourquoi la personne qui se trouvait avec lui l'a abandonné. Mais, n'est-ce pas lui qui s'est échappé ? Ses mouvements — il remue parfois les bras, sans raison — sont, dirait-on, destinés à surprendre ceux qui l'observent. En vérité, sa silhouette ne retient l'attention de l'enfant que parce qu'il a l'air libre. Le temps ne compte pas pour lui ; aucun horaire ne fixe ses occupations de la journée.

Voici le père qui remonte le chemin, sa raquette à la main. De la fenêtre, la mère lui fait un signe. Est-ce à lui qu'elle s'adresse ? Ne cherche-t-elle pas à être reconnue par quelqu'un qui, de très loin, l'observe ?

Le vent s'est levé, emportant des nuages de sable qui viennent s'abattre contre les vitres. Un recueillement inquiet s'est emparé des pensionnaires. Les servantes ferment les fenêtres. Des morceaux de journaux, des chiffons planent dans l'air, disparaissent dans le ciel ou viennent s'accrocher aux chaises de jardin.

Au milieu du fleuve, le bac lutte contre le courant. Des lames déferlent sur la promenade déserte.

On allume des lampes. Les gens se réfugient dans leurs chambres, d'autres dans la véranda, au salon. On organise, à mi-voix, des jeux de société. Les groupes se forment autour des tables, près des fenêtres. Sur le tapis vert, des cartes sont disposées en long, en large, en demi-lune. Des mains feuillettent les revues, d'autres tracent, sur les vitres embuées, d'incompréhensibles dessins. Dehors, les mouettes remontent au vent ou se laissent glisser vers les dunes.

Le père et la mère marchent sur la route. L'enfant les suit. On ne voit pas la pluie. Elle humecte le visage comme l'embrun. Elle siffle aux oreilles une musique glacée que l'enfant a entendue souvent, il ne sait où. La route s'éloigne des hôtels. Elle monte dans le sable mouillé vers un horizon voilé d'arbres où l'on devine des prés, des cultures, des silhouettes d'animaux immobiles.

Le sol a changé. Il est brun, presque noir par endroits. L'eau ne s'y infiltre plus et forme des nappes opaques ou des rigoles,

qui suivent la pente du chemin en entraînant la terre. La mère, fatiguée, trébuche.
Elle a relevé jusqu'au nez son long foulard
rouge. Les mains enfoncées dans les poches
de son imperméable, elle ne regarde pas
l'enfant.

Le père accélère le pas. Il cherche à distancer la mère, non pour la perdre, mais
afin de se perdre, lui. Sa haute silhouette
se profile sur les nuages. Il a atteint une
petite colline sablonneuse dont il suit la
crête, la main crispée sur sa casquette qu'il
écrase contre sa poitrine avec un geste de
protestation. Il y a, dans son attitude,
quelque chose de véhément, d'indigné, de
douloureux. Ses cheveux, habituellement
peignés avec soin, tombent en mèches
mouillées sur ses tempes. Il s'arrête, non
pour attendre ses compagnons, mais pour
choisir la route à suivre, ou offrir son
corps au vent. Il contemple l'hôtel, le
fleuve, la plage, les rues vides. Il hésite à
poursuivre son chemin. Il attend un
appel de la mère pour revenir sur ses pas

ou, au contraire, reprendre sa marche.

La mère ne l'appelle pas. Elle avance, dans sa direction, suivie de l'enfant qu'elle tire par la main.

Ils se trouvent réunis au sommet de la colline, au moment même où une voiture découverte, roulant à vive allure, apparaît sur la route. On voit nettement, à l'arrière, fixée sur le porte-bagages, une large malle d'osier, sur laquelle repose la capote noire, pliée en accordéon. On devine la couleur rouge de la carrosserie et, aussi, la silhouette des passagers, enfouis dans des imperméables, coiffés de chapeaux de couleurs variées. Malgré la poussière et la boue, on distingue le radiateur nickelé, surmonté d'une effigie représentant un personnage ailé. La voiture contourne la colline, en abordant un lacet qui la cache quelques instants. Lorsqu'elle réapparaît, deux passagers — ceux qui occupent les sièges arrière — se lèvent et font de grands signes dans la direction du père qui, à son tour, agite le bras, d'abord avec une certaine hésitation, puis sans réserve. Il a reconnu ceux qui le saluent. Du reste, la voiture ralentit.

Le père fait quelques pas en avant. Il se retient de courir. Les voyageurs se sont rassis. Ils font toujours des signes, mais avec moins d'empressement, et même avec une certaine lassitude comme s'ils découvraient qu'ils s'étaient trompés. Ils n'osent le montrer trop clairement, par pure politesse.

C'est ce qui explique l'hésitation du père. Il est vrai que les voyageurs ont relevé jusqu'aux oreilles le col de leur imperméable. Il est donc difficile de les identifier. Pourtant, il existe, entre le père et eux, une complicité inexplicable dans la manière de se saluer, d'agiter la main. Qui sont-ils, et d'où viennent-ils ?

La voiture accélère en vue de la longue côte qui remonte à travers les dunes. Le père est descendu jusqu'au bord du chemin. La mère ne l'a pas suivi. Tous deux regardent dans la direction du véhicule comme s'ils venaient d'assister à un spectacle inattendu, à la fois merveilleux et décevant.

L'automobile s'est arrêtée au sommet de la dune. Les occupants en descendent aussitôt. On remarque à l'avant, au milieu de la banquette, un corps de petite taille, emmitouflé dans une couverture ; la tête tombe de côté, comme s'il dormait. La portière est restée entrouverte, ce qui permet de voir ses mollets nus, ses mains croisées sur les genoux. La forme de la tête, les cheveux, rappellent la silhouette du garçon solitaire aperçu sur le débarcadère. On peut supposer qu'il s'agit du même enfant, que les automobilistes sont des gens de sa famille ou qu'ils l'ont ramassé par charité ou pour se distraire. Ils l'ont peut-être menacé, ce qui expliquerait la pose abandonnée et soumise du corps dont personne ne se préoccupe.

Les passagers remontent en voiture. Sans doute, n'ont-ils décidé cette halte que pour se dégourdir les jambes et regarder la mer, avant de la quitter à jamais.

Dans la clarté orageuse du couchant, des images saisissantes passent sous les yeux de l'enfant : un prêtre dans la rue, courant sous la pluie, des pêcheurs descendant en groupe vers la plage, armés de lanternes, des pensionnaires grimés se jetant des confettis. Et aussi la silhouette de la mère errant en aveugle dans les salons, d'un meuble à l'autre.

A présent, l'enfant est au lit. L'ombre de la mère approche. Quelque chose en lui change de rythme. Mais elle s'éclipse ; il ne l'entend plus. Puis, il la voit devant la fenêtre, qu'elle entrouvre. Elle écoute, respire l'air du large dont l'enfant, de son lit, reconnaît l'amertume. Ses mains sont ouvertes, plaquées contre les vitres. Elle se dresse sur la pointe des pieds, cherchant à voir quelque chose situé en contrebas, le long du mur ou, au contraire, à identifier quelqu'un, se trouvant à une grande distance, sur le débarcadère ou sur la plage, et qui lui signalerait sa présence à l'aide d'une petite lumière. Mais lasse d'attendre, elle s'éloigne et disparaît du côté de la toilette.

La porte communiquant avec la chambre du père s'est entrouverte. Ce n'est pas la mère qui l'a poussée. La porte reste, en effet, entrebâillée, laissant filtrer un rayon qui éclaire la cuvette, les fleurs fanées de la tenture, puis la main de la mère, posée sur le rebord de la table. Elle ne bouge pas. L'enfant regarde sa chemise de nuit, très ample, ses manches longues, le col de dentelle fermé sur la poitrine.

Elle cherche à se dissimuler, mais la porte s'ouvre toute grande, découvrant l'ombre du père qui apparaît dans l'encadrement. Derrière lui, la lampe de chevet éclaire le grand lit, les draps, les deux oreillers et, plus loin, posée contre le mur, une raquette. Devant la cheminée le père a rangé ses chaussures. Les vêtements de jour de la mère sont répandus sur le sol.

Dans la glace, suspendue au-dessus du lit, se reflète la nuque du père, soigneusement coiffée.

Il est toujours immobile sur le pas de la porte. Il s'adresse à la mère, à voix basse. L'enfant ne comprend pas ses paroles, mais il est clair qu'il cherche à la rassurer, à la convaincre. Il n'ose avancer dans la chambre. Cette douceur inaccoutumée surprend. L'enfant y devine une menace obscure, menace qui explique le mouvement de recul de la mère, cette main blanche qui erre sur le fer du lit pour s'assurer que quelqu'un est là, tout près d'elle. On dirait, aussi, que le comportement du père ne l'étonne pas, qu'elle y est accoutumée, et qu'elle comprend ce qu'il signifie.

L'enfant distingue la bouche du père, légèrement crispée, les ailes de son nez, et, surtout, les yeux brillants. La mère parle. A son tour, elle cherche à rassurer le père ou à le convaincre. Il revient vers le lit, s'assied, les jambes ouvertes. La mère avance vers lui. Il a tourné la tête du côté de la fenêtre, pour regarder le ciel ou écouter un bruit. La mère s'arrête devant lui. Elle le cache donc à l'enfant qui voit les genoux du père écartés.

La mère lève la main. Elle lui caresse les cheveux. Il la repousse. Mais n'est-ce pas elle qui s'éloigne, tout à coup, alors qu'il essayait de la retenir ?

Elle étouffe un cri.

Le battant de la porte s'est un peu déplacé, dissimulant le lit. L'enfant ne voit plus rien.

Il les entend chuchoter.

II

Le car de l'hôtel est arrêté sur la place
de la gare. Les voyageurs, peu nombreux,
s'y engouffrent après s'être séparés, à
regret, de leurs bagages, que l'on hisse sur
le toit. La portière est fermée avec soin,
peut-être même verrouillée, par des hommes
coiffés de grandes casquettes à visière
noire, tandis que les employés de la gare,
immobiles sous la verrière, les observent
d'un air complice. Ils méprisent les voyageurs dont ils ont la charge, mépris qu'ils
dissimulent sous une apparente indifférence. On s'attend donc à ce qu'ils oublient
une ou deux valises sur la chaussée, afin
de jeter le désarroi dans l'esprit des voya-

geurs, victimes de cette négligence. Penché contre la vitre, l'enfant constate, cependant, que tous les bagages sont chargés.

Le car démarre. Le préposé aux valises monte à côté du chauffeur. Ils entament, aussitôt, une conversation animée, comme s'ils ne s'étaient pas vus depuis longtemps et avaient déjà oublié les voyageurs silencieux, assis derrière eux. Leur indifférence, leur désinvolture contrastent avec le silence des passagers. Pour se distraire, n'ont-ils pas décidé de changer d'itinéraire et de rouler au gré de leur fantaisie ? Qui pourrait, en effet, les empêcher d'arrêter le car à la porte d'un hôpital, ou de revenir devant la gare, après un petit tour en ville ? Mais, à l'examen, ils inspirent confiance. La nuque raide et dégagée du col de leur vareuse, ils se tiennent bien droits sur leur siège et se ressemblent comme des frères.

Les rues sont calmes et accueillantes. La ville n'est pas encore éveillée. Arbres taillés, parterres de fleurs, gazons fraîchement tondus, allées de gravier bordées d'arceaux ornent les carrefours et les bas-côtés des avenues que décorent des magasins et les murs des hôtels d'où débordent de lourdes terrasses de granit et des stores en demi-lune. Les jardins publics ouvrent des perspectives inattendues sur des pièces d'eau, dont les jets ressemblent à des feux d'herbes. Les kiosques font penser à des manèges de foire. Plus loin, d'autres hôtels, d'autres jardins, des tennis.

Le car traverse un pont où coule un torrent. Il longe une église dont le porche s'ouvre sur l'obscurité de la nef qu'éclaire l'éclat des vitraux, comme une nuit étoilée. Le long des trottoirs, on découvre des bancs, des corbeilles à papier. Quelques promeneurs isolés s'arrêtent pour regarder le car.

La mère a pris l'enfant par la main. Elle parle, interroge, ordonne. Il voit ses bottines noires, le bas de sa robe de voyage, un tapis rouge, les tringles en cuivre de l'escalier, un dallage de marbre représentant des oiseaux jaunes évoluant dans un azur pâle que piétinent des domestiques. Ils portent des pantalons de drap bleu, des chaussures soigneusement cirées. Un peu plus loin, il y a des meubles dont les pieds reposent sur d'épais tapis qui, de loin en loin, composent des îlots.

Une certaine agitation règne autour de la mère, que l'on escorte à travers des corridors éclairés par des baies ouvrant sur un jardin. On s'entasse dans l'ascenseur. Tout le monde se tait pour écouter le grincement des câbles. Chaque étage est marqué par un déclic sourd, huileux ; chaque déclic, par l'apparition, à travers la porte grillagée, d'un couloir sombre. L'enfant a le temps de voir, devant chaque porte, une paire de chaussures, un plateau à déjeuner. Il respire une odeur de café, de linge propre, de pain. Quelquefois, une femme en blanc referme avec précaution la porte d'une chambre dont il entrevoit l'intérieur : une tête renversée contre un oreiller, une main sur un drap.

L'ascenseur s'arrête. L'étage est à peu près identique aux précédents. Une femme de chambre avance vers eux, moins attrayante que ses compagnes des autres étages, aperçues, il est vrai, à une certaine distance et très rapidement. Elle s'inquiète des bagages, donne des ordres au personnel faisant partie du cortège, prend l'enfant par la main et s'enfonce avec lui dans le corridor, escortée par la petite troupe chargée de valises dont les poignées de cuir grincent comme les harnais d'un cheval au trot.

La mère suit l'enfant. Elle n'a pas osé rester près de lui, impressionnée par l'autorité de la domestique dont la démarche, la respiration et le silence forment un ensemble d'indices justifiant une certaine appréhension. D'où tient-elle son pouvoir, qui l'autorise à commander ? Elle s'arrête et choisit une clef dans son trousseau. La petite troupe pénètre dans la pièce. Les uns rangent les valises en bon ordre, d'autres poussent les volets, vérifient le bon fonctionnement de la cuvette et la propreté des armoires.

La mère s'est assise sur un lit et regarde les murs d'un air las, distrait. L'enfant s'est retiré dans un coin de la pièce, mais la femme de chambre lui fait signe de venir près d'elle. Elle commence à le déshabiller, avec adresse et désinvolture : « Tourne-toi, lève la tête. » L'enfant obéit, étonné de ce tutoiement, du contact de ces mains, de l'agilité mécanique de ces doigts. La servante s'est agenouillée. Elle avance la tête pour voir de plus près une boutonnière qui résiste. Ses cheveux frôlent le menton de l'enfant qui respire une odeur fade.

A présent, il est au lit. Ses pieds nus frôlent le drap froid et lisse. Il ne comprend pas pourquoi on lui a ordonné de se coucher. Les valets se sont éclipsés, sauf la domestique de l'étage qui ouvre les valises une à une, sous les yeux de la mère silencieuse. Rapidement et dans un ordre prémédité, elle range le linge dans l'armoire, sans manquer de signaler, sur un ton tantôt mécontent, tantôt peiné, la mauvaise qualité de certains vêtements, ceux qui sont inutiles, ceux qui manquent. La mère s'excuse, par monosyllabes, sans quitter sa place. Elle ne songe pas à défaire son sac qu'elle a gardé près d'elle, comme si elle n'était là que pour rassurer l'enfant et attendait que tout soit en ordre pour s'en aller à son tour. Elle a oublié de retirer son chapeau et ses gants, se préparant, dirait-on, à un nouveau voyage, aussi long, aussi harassant que celui qui s'achève. Sans élever la moindre protestation, elle laisse la bonne ouvrir sa valise, la vider. Elle lui fait un signe de la main, pour réclamer ses affaires de toilette, qu'elle garde sur ses genoux. Elle les examine une à une et les dépose sur le lit, initiative qui rassure l'enfant. Ce désordre déplaît à la bonne, ainsi que cette cigarette que la mère vient de tirer de son sac à main et qui répand dans la pièce une odeur âcre.

L'enfant se demande si la domestique n'est pas secrètement intriguée par la mère, ou par lui-même. N'aimerait-elle pas être l'épouse de cet homme absent qui, s'il était ici, se tiendrait dans l'angle de la chambre, le visage tourné vers la fenêtre, ignorant ce qui se passe autour de lui, perdu dans ses rêves ?

Lorsqu'elle annonce que le médecin va arriver d'un instant à l'autre, l'enfant comprend que si la mère le désirait, elle pourrait obtenir que cette visite soit retardée, ou reportée au lendemain. La bonne n'a pas de sympathie pour le docteur ; elle en ferait volontiers un portrait ridicule. Sans doute, cherche-t-elle à minimiser l'importance de sa visite. Mais la mère ne la retient pas.

Devant l'enfant, un bois de sapins, une prairie qui tombe en pente douce sur les toits d'ardoise de la ville. Le long de la colline descend le rail à crémaillère d'un funiculaire dont la gare de départ, en plan incliné, ouvre une gueule noire vers le ciel. L'odeur des sapins rappelle celle des dunes.

Il écoute les bruits de l'hôtel, frémissements de tuyaux, pas furtifs, grincements lointains de portes. L'hôtel est une chose vivante, dont la respiration, peu à peu, change la cadence de la sienne et lui impose son propre rythme avec bienveillance. Tous les mouvements invisibles de l'immeuble, ses résonances d'étage en étage, cherchent à créer autour de lui un cercle sonore très étendu mais infranchissable.

Cette liberté, qu'il devine dans le ciel traversé de nuages, appartient à un âge de sa vie très lointain, qu'il n'atteindra peut-être jamais. Cette fenêtre est là pour éclairer la chambre, mais également pour lui montrer qu'il existe, au-delà des toits et des collines, un univers inaccessible. Ainsi, comprend-il que les murs de l'hôtel ne forment que la première défense d'une prison, dont les limites se situent au-delà de ces toits enchevêtrés, au-delà de cette route qui suit le rail et serpente dans la vallée.

La mère est debout devant la fenêtre. Le docteur a ouvert sa trousse sur le lit. Il pose des questions. La mère répond. Sa voix a changé. Elle raconte l'hiver, décrit l'enfant, son sommeil, ses jeux. Elle baisse la voix ; on n'entend presque plus. Elle avoue une faute. Le docteur la rassure, pose d'autres questions. Maintenant, de part et d'autres, le ton est uniforme, confiant. Ils sont d'accord, consultent des papiers, les échangent.

Ils approchent du lit. A travers ses paupières mi-closes, l'enfant voit leur ombre de chaque côté du divan. La mère découvre le drap. Elle se penche, dégage la chemise. « Plus bas », dit le docteur.

L'enfant est nu. Il a fermé les yeux et ne sent plus son corps, sinon une légère fraîcheur comme un linge très fin sur ses jambes et son buste. Parce qu'il s'offre à leur regard, sa chair et ses os ne lui appartiennent plus. Il sait qu'on l'observe, mais ce n'est pas vraiment de lui qu'il s'agit. Il est plutôt question de quelque chose qui appartient à la mère, dont elle est responsable, sur laquelle on ne peut lui demander des comptes, à lui. Son corps est une masse qui l'étonne. C'est pourquoi le docteur juge inutile de le questionner, car il ne sait rien.

Seule, la mère pourrait parler. Que pourrait-elle dire ? Expliquer une cicatrice, un bleu dont l'enfant se souvient. Mais ce sont des dates dans sa vie, plutôt que des marques sur lui. Pour le reste, la mère, elle non plus, ne peut pas dire grand-chose. Elle a dans l'esprit l'évolution de ce corps, ses accidents, ses imperfections, mais en fait elle est devant quelque chose de mystérieux, qu'elle ne peut changer. En dénudant l'enfant, elle a agi à contrecœur, redoutant un jugement, un avis dont elle se sent responsable.

La voix du docteur ne trompe pas. Il interroge, mais il accuse aussi. Il n'est pas possible de comprendre ce qu'il reproche à la mère. Est-elle coupable parce que personne au monde, d'autre qu'elle, ne s'intéresse à ce corps ? L'enfant la plaint, car elle porte la honte de sa nudité. Il ne peut l'en décharger.

Lorsque l'homme abaisse les mains sur lui et touche ses jambes, l'angoisse de la mère s'apaise. On dirait qu'elle s'éloigne, disparaît.

Tout à coup, il n'y a plus que ces mains inconnues qui avancent jusqu'aux genoux dont elles touchent la saignée pour remonter le long des cuisses, écraser l'aine et s'aventurer sur le ventre. Elles errent sur l'estomac, les côtes, qu'elles caressent longuement. Elles entourent le cou, le palpent avec attention, touchent le visage, écartent les lèvres, les paupières.

L'enfant est prié de s'asseoir, d'ouvrir la bouche, de respirer. Il s'étonne de la docilité de son corps, du plaisir qu'il découvre dans cette soumission. Il désire, avant tout, satisfaire la curiosité de celui qui le touche, dans l'espoir d'orienter favorablement son diagnostic. Il a le sentiment qu'il peut, dans une certaine mesure, par sa seule volonté, faite d'attention, d'obéissance contrôlée, tromper le toucher ou l'oreille du docteur. Il s'engage donc dans un combat difficile pour protéger il ne sait quel secret, une certaine liberté pour son corps de vivre caché et d'échapper à une définition limpide, incontestable.

La mère souhaite, elle aussi, que l'examen prenne fin. Elle voit, à travers ces mains étrangères, une mort lointaine, dont le docteur cherche le dessin. Plus le temps passe, plus l'enfant voit en lui cette mort. Ce qu'il sent, ce n'est pas son squelette, mais une partie de lui qui se dissimule, qui se rétracte et dont le médecin voudrait reconnaître la présence au bout de ses doigts.

Présence que l'enfant découvre à cause du silence de la chambre, sur le visage de la mère.

L'examen s'achève. La conversation reprend, sur un autre ton, un peu moins sourde mais presque aussi basse. On y devine un certain soulagement, ou bien le désir d'oublier.

L'enfant est toujours nu. Il reste ainsi, les yeux ouverts, regardant son corps allongé dont il se sent, de nouveau, absent.

Il porte un pyjama de laine, de gros chaussons et, autour du cou, un cache-nez. La mère le guide dans le couloir silencieux. Elle est pressée, un peu inquiète. L'hôtel est désert.

Ils descendent le grand escalier. A chaque étage ils traversent des odeurs de bois ciré, de roses fanées et, parfois, une odeur inconnue, humaine, venant d'une chambre entrouverte. Au salon, des domestiques font le ménage. Les uns frottent le parquet ; d'autres brossent les franges des tapis comme des cheveux. Les meubles portent l'empreinte des pensionnaires qui, la veille, évoluaient au milieu d'eux. Ils ont gardé le reflet de leurs manies, de leurs gestes qui sont inscrits, çà et là, autour d'une table, près de la cheminée, devant ce grand bureau où traîne un jeu de cartes. D'une certaine manière, ils ont l'air de toiser la mère, de l'ignorer comme l'auraient fait les habitués de ce salon s'ils s'étaient trouvés là, rassemblés, à cette heure matinale.

Le perron, l'escalier de pierre, l'avenue, sont moins étrangers. L'enfant est rassuré par ces fleurs, ce trottoir, découpé en rectangles inégaux, et ces troncs de platanes dont l'écorce se détache par plaques sèches. Il respire avec délice le brouillard d'où vient de surgir, tout à coup, l'ombre de l'Etablissement.

Des statues en plâtre ornent le perron d'accès. La plupart représentent des personnages portant la barbe et vêtus d'une redingote. Quelques-uns, avec le temps, ont perdu un bras, un pied ou un coude, d'où jaillit une tige d'acier rouillé. Des gens se pressent devant l'entrée, d'où s'échappent des clameurs sonores, des sifflements de jets d'eau, mêlés à un martèlement ininter-rompu de sabots.

A l'intérieur, le vacarme ressemble à celui des gares, au grondement de la mer, au souffle des orgues dans une église vide. Au centre du hall, qu'éclaire une verrière en forme de coupole, jaillit une fontaine, protégée par une buvette circulaire où l'on vient boire à l'aide de verres gradués que les malades sortent de leur sac. Des mains se tendent vers les jeunes filles qui assurent le service. Elles distribuent l'eau sans compter.

La mère, elle aussi, demande à boire et offre le verre à l'enfant qui le vide lente-ment, les yeux fixés sur le fond, à travers lequel il voit les décorations des murs, mosaïques bleues et or, représentant des anges nus jouant sous la pluie d'une source. Le même motif est repris sur tous les murs, les colonnades, les plafonds et, lorsqu'il baisse les yeux, sur le carrelage du sol.

Un infirmier surgit au milieu de la foule, poussant devant lui un chariot blanc en forme de chaise à porteurs dont la vitre dépolie cache une silhouette assise, dissimulée sous un voile. Les gens s'écartent pour laisser le chemin libre. Ils ont peur de ce malade qui ressemble à la Mort. Une petite clochette annonce son passage, mais son tintement se perd rapidement dans les couloirs où le chariot poursuit sa course fiévreuse.

La mère entraîne l'enfant. Peu à peu, les promeneurs changent d'aspect, comme s'ils venaient de pénétrer dans une partie de l'Etablissement affectée à des habitués bénéficiant de certaines faveurs. La plupart, vêtus de robes de chambre ou de peignoirs de bain, sont assis sur des bancs. Quelques-uns errent dans les couloirs ou, installés dans des cabines à claire-voie, lisent paisiblement. D'autres, sans opposer la moindre résistance, se laissent guider par des infirmiers et disparaissent précipitamment derrière une porte d'où s'échappent de vagues plaintes, des chuintements de vapeur.

Une main a saisi l'enfant par l'épaule. La mère ne fait aucune difficulté pour l'abandonner. Elle se contente de lui adresser un rapide sourire. Peut-être l'a-t-on, d'un geste, dissuadée d'accompagner son fils.

Du reste, il ne la voit déjà plus. Il ne voit pas davantage qui le conduit. Son guide marche derrière lui et le pousse, assez brutalement, dans une salle où des gens de tous âges se déshabillent en silence. De petites niches sont pratiquées dans le mur où chacun dépose ses affaires. La plupart réussissent à enfiler leur peignoir sans dévoiler leur nudité. Quelques enfants n'hésitent pas à se mettre nus et à le rester tout le temps nécessaire pour ranger soigneusement leurs vêtements, découvrant sans embarras leurs petites fesses, la ligne bosselée des vertèbres, les ailes de leurs omoplates remuant sous la peau fine. Ils ne savent pas qu'on les regarde ; ou bien ils feignent de l'ignorer. Les gardiennes, chargées de maintenir l'ordre, ne font rien pour presser le mouvement et accélérer l'évacuation de la salle, leur surveillance se limitant à quelques tapes sur les fesses des garçons. Habitués à ces familiarités, ils poussent de petits cris, sans pour autant se presser davantage.

L'enfant, à son tour, est conduit face au mur, devant une niche vide. On le prie de se dévêtir rapidement. Son hésitation indispose la gardienne, qui se met en devoir de le déshabiller. Ces mains étrangères, qui s'affairent sur son corps, libèrent sa pudeur. Son corps dévêtu devient, tout à coup, un objet parmi d'autres objets qui l'isolent.

Lorsqu'on lui jette un peignoir sur les épaules, il le referme sans précipitation, et non sans un certain regret.

La salle où il se trouve à présent est

plongée dans un épais brouillard. Il est impossible d'en mesurer les proportions, ni de voir ce qui s'y passe. Pourtant on aperçoit, de temps en temps, une forme qui disparaît dans la buée.

Quelqu'un l'a pris par le bras et conduit devant un banc, où il est invité à s'asseoir, face à un mur d'où s'échappent, à travers de larges entonnoirs de cuivre, des jets de vapeur brûlants. Une rigole, où circule un courant d'eau tiède, suit la base du mur. Il est prié d'y plonger les pieds. D'autres pieds, généralement plus grands, plus marqués que les siens, s'échelonnent sur toute la longueur du caniveau. Il n'est pas seul, en effet, sur le banc. Quelques personnes y sont assises depuis un certain temps. Les visages expriment l'épuisement et la résignation. La plupart s'épongent le front, à l'aide de leur peignoir ou du revers de la main. D'autres tiennent les doigts creusés sur un journal détrempé dont les pages tombent en lambeaux.

La voisine de l'enfant n'a pas hésité à dégager le haut de son buste, découvrant des épaules fortes ainsi qu'une masse lourde et blanchâtre, perdue dans les plis de l'estomac. Les mains jointes sur le ventre, elle a relevé, jusqu'au-dessus du genou, les pans du peignoir qui forment sur son bas-ventre une masse compacte et humide. La position de ses pieds, appuyés contre le mur, lui permet, par une flexion régulière des genoux, de balancer son corps d'avant en arrière, occupation qui retient toute son attention et provoque une imperceptible oscillation du banc, à laquelle ses voisins sont résignés.

A présent, son mouvement paraît plus contrôlé, comme si l'enfant l'intimidait ou lui inspirait une certaine curiosité. Elle s'est retournée pour le regarder, puis elle a baissé les yeux, pour observer ses pieds. Elle contemple ses jambes et ses genoux, car le peignoir de l'enfant est court et ne tombe qu'à mi-cuisses. Il le referme soigneusement, de haut en bas, précaution qui n'échappe pas à sa voisine et la décide à se mettre un peu plus à l'aise en ouvrant largement son peignoir, que ne retient plus la ceinture tombée à terre. Ainsi, la flexion régulière des genoux aidant, le peignoir, entraîné par le poids de sa masse imbibée de vapeur, s'entrouvre, découvrant l'intérieur de la cuisse, marbrée de larges veines dont certaines, sillonnées de veinules roses, ont éclaté sous la peau.

La femme n'ignore pas que l'enfant la regarde. L'enfant, de son côté, sait qu'elle n'est pas humiliée par son regard. Dans une certaine mesure, elle en a besoin. Elle se prête à cet examen, volontiers, pour un motif aussi obscur que celui qui le pousse à la regarder. De la sorte, sent-il, entre lui et cette femme, un lien dont ils ne sont responsables ni l'un ni l'autre. L'enfant sait qu'ils ne se parleront pas, qu'ils n'ont effectivement rien à se dire, mais qu'il existe, au fond d'eux-mêmes, une parole commune, lointaine et incompréhensible qui trouve dans cette contemplation réciproque

72

sa seule forme d'expression. Contemplation à laquelle ils s'accoutument, où l'enfant découvre une sensation de bien-être, une sorte de bonheur. C'est pourquoi, lorsqu'elle décide de quitter sa place, il se lève à son tour et la suit. Mais très vite, la vapeur l'isole ; il la perd de vue.

Un employé de l'Etablissement l'a déjà pris en charge et le guide dans un couloir le long duquel s'échelonnent des salles de bains, la plupart inoccupées. Celle où on l'introduit est étroite, basse de plafond, éclairée par un soupirail entrouvert sur la rue, où l'on voit le tronc des arbres et, de temps en temps, les jambes des passants. Un garçon de salle lave la baignoire avec soin, puis retire de sa poche une large clef et la fixe, tour à tour, sur l'écrou cannelé des deux robinets de cuivre. Un flot bouillonnant jaillit dans la baignoire qui se remplit d'une eau bleue, transparente, au fond de laquelle le bouchon de vidange apparaît comme un gros coquillage. L'homme parle à l'enfant ; mais à cause du bruit, l'enfant ne comprend pas ce qu'il dit. Peut-être lui a-t-on conseillé d'enlever son peignoir. Il le retire donc. Du reste, il se trouve bien, ainsi, nu.

Il attendra d'être seul pour pénétrer dans l'eau.

Auparavant, il examine les rares objets de la salle, avec attention, pour s'y accoutumer. Les objets le regardent. De même, regardent-ils tous ceux qui entrent ici. Leur fonction essentielle n'est-elle pas de voir le corps des gens, d'en compléter les mouvements, de les provoquer et de donner à chaque pensée inspirée par le regard qui les observe un sens, lié à la vie du corps, à ses fonctions les plus évidentes, mais aussi les plus obscures, fonctions souvent inconnues, mais pressenties, prêtes à se manifester, et dont la présence cachée éveille une sorte de complicité entre le corps et ces objets qui attendent qu'on les sollicite.

La simplicité du décor — les murs sont recouverts d'un carrelage uniforme et brillant —, la sobriété du matériel — une chaise blanche, un porte-serviettes, la tuyauterie de cuivre, une brosse à manche de bois —, loin d'apaiser l'imagination, la troublent, bien plus qu'une multitude d'objets hétéroclites et compliqués. Ces objets rares ont une présence envahissante.

L'enfant reste un certain temps assis à califourchon sur le bord arrondi de la baignoire, une jambe trempant dans l'eau jusqu'à mi-cuisse, l'autre battant dans le vide. Les fesses écrasées, il se penche sur l'émail, glisse en avant, puis en arrière. Ainsi, accomplit-il plusieurs fois ce mouvement de va-et-vient, la baignoire devenant une partie de lui-même, comme si telle était sa raison d'être. L'enfant se couche sur le ventre et, s'inclinant lentement, il bascule vers l'intérieur. Peu à peu, il perçoit, sur son épiderme, la surface de l'eau qui monte et sépare son corps en deux, la partie immergée paraissant déjà lointaine, engloutie dans un océan de liberté.

Lorsqu'il se trouve assis au fond de la

baignoire, il y plonge le bras, cherchant à palper dans son reflet une autre forme, reflet de la sienne. L'eau paraît cacher son double, ou toute prête à le sécréter en puisant, dans le fond d'émail, un sable, une matière pour le former. Ses lèvres effleurent la surface liquide, s'entrouvrent et se referment tour à tour, dans un mouvement de baiser, la bouche absorbant, puis rejetant des gorgées de salive et d'eau, mêlées.

Les bras relevés, il tâtonne, saisit, derrière sa nuque, un robinet dont il palpe l'arrondi et les contours. Il y introduit l'index, l'enfonce aussi loin qu'il peut, le retire dans un mouvement tournant en grattant de son ongle l'intérieur du métal. Il renouvelle l'expérience à plusieurs reprises, sans comprendre la nature du plaisir qu'il ressent, sans voir avec précision l'image qui accompagne ce contact, image sombre qui, lorsqu'il ferme les yeux, appartient à un corps humain.

Simultanément, d'un mouvement de pied, il fait glisser la brosse dans l'eau et

76

la regarde flotter. A l'aide du genou, il la conduit au-dessus de son ventre. La brosse devient, alors, un animal aquatique dont les yeux, tournés vers le fond de la baignoire, observent ses cuisses. De la sorte, l'enfant croit regarder son ventre avec les yeux imaginaires de cet objet, comme si cet objet désirait toucher sa peau, y appliquer la pointe de ses crins, provoquant une sensation de brûlure, sourde, envahissante. Détachant les mains du robinet, il les enfonce dans l'eau jusqu'à ses cuisses qu'il referme, afin d'écraser cette brûlure qui est devenue une force dont il ne sait que faire, qu'il a peur de libérer, qu'il libère enfin.

La brosse flotte toujours à la même place, prête à un contact auquel l'enfant ne peut se décider et dont la perspective l'étourdit. Son visage est couvert de sueur. Ses genoux se sont écartés et reposent contre les flancs de la baignoire. L'eau est, par endroits, traversée de nuages ouatés qui s'éparpillent et s'enfoncent lentement, attirés par le fond.

La buée, le blanc des murs, le bleu de l'eau, sont maintenant une part de lui-même. A la fois confondus et distincts, ils présagent une solitude qui le menace et le fascine.

Venant du soupirail, il entend le pas furtif des passants. Ils appartiennent à un monde vers lequel il ne pourra jamais remonter, qu'il voudrait rejoindre, à cause de la mère.

L'attend-elle ?

Ne s'est-elle pas enfuie à travers le square, se mêlant aux promeneurs indifférents et oisifs, s'égarant dans des sentiers inconnus ? Il est trop tard pour la rejoindre. La mère est perdue. D'une certaine manière, il sait qu'il ne la retrouvera jamais.

Il entend sa voix. Il voit ses mains sur l'émail de la baignoire, dans laquelle elle le regarde, penchant son visage vers l'eau et venant à la rencontre de son corps. Elle voudrait avancer le bras vers cette forme lointaine, mais ne l'ose pas, de peur de découvrir qu'il n'est plus à elle, qu'elle ne peut plus en cerner les limites. Ses mains sont pâles. A l'annulaire, brille un diamant que l'enfant connaît mais qu'il ne reconnaît pas, à cause de l'éclat de ses facettes où il devine une source froide de lumière. Il ne désire pas qu'elle le touche. Elle prononce des paroles douces, rassurantes, pour se rassurer, peut-être.

Elle entoure l'enfant de ses bras dans le peignoir chaud. Elle promène les mains sur le tissu éponge, baise son cou avec crainte. Elle s'agenouille devant lui, frotte ses pieds l'un après l'autre. En fermant les yeux, il peut imaginer que ce n'est pas elle qui le frictionne, mais quelqu'un d'autre qui l'aime d'une autre manière, à qui il est soumis et dont il est aussi le maître. Il aspire donc à un bien-être plus profond, auquel l'invite le parfum du tissu tiède.

Dehors, le froid le saisit, la lumière

l'aveugle. La ville a changé d'aspect. On dirait qu'une armée descendant des collines l'a occupée, pillée, libérant d'écœurantes odeurs de gazon, lâchant dans la rue des cris d'enfants, ouvrant les maisons, les vitrines, jetant aux balcons des draps sales, des oiseaux en cage.

La mère entoure l'enfant de son bras. Elle dit tout bas : « Dépêchons-nous. » Des marchands des quatre-saisons courent au-devant d'eux pour leur jeter un sort ou leur barrer la route. Ils offrent des bonbons, des fleurs. Il est peut-être midi.

Midi est blanc. Le jour s'arrête un instant pour regarder les rues, les gens, les squares, les hôtels, avant de les entraîner vers le soir. L'enfant a le pressentiment de cet après-midi d'ennui que la façade grise de l'hôtel annonce déjà. Dès maintenant, chaque pensionnaire construit la journée dans son esprit, selon ses goûts, ses habitudes, rejoignant à son insu les goûts et les habitudes d'autres pensionnaires dans d'autres hôtels.

80

Tout cela s'élabore derrière les murs de ces chambres paisibles où l'on se prépare à descendre à table. Une volonté d'agir surgit devant chaque fenêtre. L'enfant ne pourra y échapper. Il voudrait gagner du temps, descendre près du torrent, prolonger l'heure instable de midi.

Mais la mère presse le pas. Elle a hâte de rejoindre ce monde flou et bruyant, d'échanger des saluts, des sourires. Son visage, derrière la voilette noire s'efface peu à peu. Sa main est moins ferme. Elle ne pense plus à l'enfant.

Le hall de l'hôtel, la grande galerie, l'ascenseur, les corridors défilent, glissent, pareils à un décor silencieux, fuyant derrière la vitre d'un train. Le temps s'est remis en marche. Il accompagne ce mouvement d'images qu'il paraît freiner ou précipiter à sa guise, qu'il suspend, parfois, comme s'il voulait vérifier son pouvoir sur les choses et donner aux gens l'illusion de leur pouvoir sur elles, sur cette journée qu'ils croient conduire eux-mêmes vers la nuit où ils vont descendre chacun leur tour, avec des mouvements de noyés. C'est ce qui explique leur allure tantôt provocante, tantôt résignée, ces gestes à travers lesquels ils ont l'air de s'affirmer, de se nier.

Les lumières de la salle à manger les inondent d'une aveuglante clarté. Mais ils n'en sont pas gênés. Il est vrai que leurs vêtements n'ont pas de couleur, ni leur peau, un peu rose peut-être, ou parcheminée. Les assiettes, les couverts, les bouquets de fleurs, semblent faits de verre, ainsi que les voix qui tintent et se brisent aussitôt. Dehors, le ciel est sombre. Toute cette blancheur a donc quelque chose de cruel et de faux. Les visages, les objets n'ont pas de relief. Ils sont plaqués sur un décor vide que traverse, parfois, l'ombre d'un maître d'hôtel. C'est pourquoi l'enfant tourne les yeux vers les fenêtres, cherchant, dans la contemplation des nuages, une dimension refusée à son regard partout ailleurs.

Assise en face de lui, la mère est blanche elle aussi. Elle a un peu de poudre sur les joues. Ses traits sont aussi vagues que sous la voilette qu'elle portait dans la rue. Il y a un autre couvert, à la droite de l'enfant, un autre verre, d'autres mains, qu'il n'est pas possible de regarder longuement parce que les détails en sont trop précis, presque gênants. Il y a également un homme, à qui ces mains appartiennent. L'enfant devine cet homme, mais il n'ose le dévisager.

Contrairement aux autres personnes qui sont en train de déjeuner dans la salle, cet homme représente une masse, un relief. Il occupe, physiquement, une place considérable. Ses moindres gestes, le bruit de sa mâchoire, sa respiration trahissent une violence contenue. La mère, elle aussi, évite de se tourner du côté de l'homme. Lorsqu'elle parle, c'est pour dire quelque chose qu'on ne comprend pas, dont elle a honte aussitôt et qui la fait sourire, comme si elle voulait s'excuser. Elle regarde l'enfant à la dérobée, ou bien engage un dialogue rapide avec le maître d'hôtel, en abritant son visage derrière la carte du menu. Sans doute, est-ce le père qui est là. Mais ne dirait-on pas qu'il occupe la place de quelqu'un d'autre, qui a le pouvoir de faire rire la mère, de l'amuser, de la rassurer, et à qui il se substitue en empruntant sa tournure, ses gestes, sa voix même, de telle sorte qu'il devient cet inconnu ?

C'est pourquoi le père ne parle pas. Il n'ose être lui-même et veut devenir un autre, celui qui n'est jamais là.

La salle se vide. Les dîneurs s'effacent, disparaissent. Les maîtres d'hôtel, pour dissimuler le sombre spectacle du ciel, tirent les grands rideaux de damas. Le père se lève à son tour et s'éloigne. Il traverse la galerie et s'élance dans le jardin, d'un pas saccadé, courant à quelque mystérieux rendez-vous.

Il a plu. Des chaises de paille sont restées au milieu du gazon. Un groom, à genoux dans l'herbe, ramasse des bouts de cigarettes qu'il jette dans un panier d'osier, comme s'il cueillait des fleurs. De la galerie vitrée, des enfants, le front collé contre le carreau, regardent le groom, mais ils guettent aussi, depuis un certain temps, la mère et l'enfant. Pourtant, la mère ne fait rien de bien singulier. Elle marche devant l'enfant à travers le gazon mouillé, regarde de tous côtés, s'arrête, appelle le père, en vain. Elle le cherche. Mais le cherche-t-elle vraiment ? Elle suit l'allée de gravier jusqu'à la grille du jardin, pour s'assurer qu'il ne s'est pas échappé par la petite rue qui descend vers la ville.

Tout cela, à vrai dire, n'a rien d'inquiétant. Le groom a interrompu sa cueillette et suit la mère du regard, un drôle de regard, un peu sournois, un peu moqueur. Il se passe quelque chose, qui échappe à l'enfant, dont il aurait, peut-être, honte s'il en faisait la découverte. Mais en vérité, il ne remarque rien qui justifie une attention si vigilante. Ici encore, il retrouve une sensation de dépaysement. Tous ces gens rassemblés derrière la vitre de la galerie, ce gazon, ces bosquets, ce buisson taillé, le groom accroupi, n'ont pas de réalité. Ils forment un décor inanimé auquel la mère, en le traversant, donne soudain un relief inattendu, une signification bizarre. La buée qui monte du sol, cette odeur de verdure, et la tache vive des massifs ne font qu'aggraver cette impression. Non sans mal, la mère a réussi à ouvrir la grille. Elle la referme aussitôt derrière elle, après avoir fait signe à l'enfant de la suivre.

Le jardin de l'hôtel apparaît alors, de l'extérieur, sous un aspect nouveau et inattendu. A travers les barreaux de fonte, il devient rassurant, familier. Le groom a repris sa cueillette. Les gens rassemblés dans la galerie bavardent entre eux avec une innocente gaieté. Enfin, et c'est bien le plus surprenant, on aperçoit le père, assis sur une chaise de jardin à l'angle d'un buisson. Ce spectacle n'étonne pas que l'enfant. La mère est inquiète.

Son chapeau incliné sur le front, le père tient sur les genoux croisés une paire de jumelles que l'enfant lui a déjà vues, en bandoulière, dans un étui de cuir noir, suspendu aujourd'hui au dossier de la chaise. De temps en temps, il les élève jusqu'à ses yeux et fait un lent tour d'horizon dont il est difficile de mesurer l'étendue, mais d'où semble exclue la grille derrière laquelle se trouvent la mère et l'enfant. S'il les a découverts, pourquoi ne leur fait-il pas signe ? Réciproquement, si la mère l'a reconnu, pourquoi ne revient-elle pas sur ses pas ? Ni l'un ni l'autre ne se sont donc vus, ce que l'enfant admet, non sans une certaine gêne, tout en se demandant pourquoi il s'abstient de signaler à la mère la présence du père. Peut-être, attend-elle cette initiative de l'enfant pour modifier ses projets ?

Tournée vers la rue, éblouie par les toits d'ardoises luisants de brouillard, elle passe la main dans ses cheveux avec embarras. Ses yeux verts contemplent la ville. Elle hésite encore, voulant laisser au père tout le temps de l'observer à sa guise et de réfléchir avant de l'appeler. L'enfant sait que le père se taira, et que son pouvoir réside dans sa présence muette et lointaine.

Elle s'éloigne d'un pas rapide. Un sourire craintif sur les lèvres, on dirait qu'elle va à la rencontre d'un danger qui la fascine. Elle a lâché la main de l'enfant pour être plus seule, plus libre.

Ils montent un escalier de bois, menant à la gare du funiculaire. Une foule silencieuse les précède et les suit. L'escalier est raide. Des gens s'arrêtent contre la rampe pour reprendre souffle. La mère s'arrête à son tour, mais elle n'ose pas s'approcher de la rampe et reste au milieu de l'escalier, tournée vers le vide. Son visage ruisselle. Le soleil l'éclaire de face. Elle sourit à l'enfant et lui serre la main. Elle sait qu'il voudrait lui parler, mais elle sait aussi qu'il ne dira rien. Les bras allongés le long du corps, elle contemple la ville. L'enfant la regarde. Elle ne lui est encore jamais apparue ainsi : belle et fragile, si pâle qu'elle semble sur le point de s'évanouir.

La foule défile, mais il ne l'entend plus, tandis qu'une musique lointaine monte des rues. D'instant en instant elle se rapproche, s'amplifie. On dirait un orchestre gigantesque, où se confondent cuivres, violons et cymbales. La mère entend-elle cette musique ? Elle cherche, de toutes ses forces, à y être attentive, sans y réussir, ni comprendre d'où viennent ces sons que dominent, de nouveau, les pas de la foule. Elle reprend sa marche.

Les gens se sont mis en rang, pour aborder en bon ordre le quai du funiculaire. Appuyé contre deux butoirs, c'est un

simple wagon de bois dont une roue dentée, au milieu du rail, s'engrène dans la
crémaillère qui s'élève vers la montagne en
suivant une coulée d'herbe, bordée de
sapins. L'intérieur du wagon est aménagé
comme un tram ordinaire. A travers le
plancher à claire-voie, on aperçoit l'engre-
nage compliqué des roues, des câbles ruis-
selants de graisse noire, des arbres en acier;
et aussi les traverses de la voie, les
têtes des boulons, de l'herbe brûlée, des
détritus. A l'extrémité du wagon, une vitre
grillagée protège la cabine du machiniste.
Dans la partie réservée au public, les passagers se sont installés sur les banquettes ou
sont restés debout, faute de place ou pour
être plus libres de leurs mouvements et
observer, tout à leur aise, le paysage.

La mère et l'enfant se sont assis face à
face, près d'une fenêtre dont la vitre, à
cause de la chaleur, est ouverte. Des rideaux de toile, retenus par des embrasses,
les protègent du soleil. Les yeux clos, les
narines dilatées, le dos calé dans l'angle

du siège, la mère respire l'odeur de la brise qui, par moments, gonfle les petits rideaux. Elle cherche, dans cette pose abandonnée, à se remettre d'un effort, d'une émotion récente. Le wagon est, à présent, complet. L'enfant évite de regarder les gens. Il s'intéresse aux détails de la boiserie qui encadre la fenêtre, aux traces de pluie sur la vitre souillée, ou bien au bruit des insectes dans la campagne. Il entend aussi le grésillement électrique du moteur et des câbles sur les axes dont, à travers les lattes du plancher, il aperçoit les roues en mouvement, roues de dimensions inégales, tournant à des vitesses différentes. En les observant, il comprend que le funiculaire roule, car aucune secousse n'a annoncé le départ. Il est vain de prêter l'oreille pour écouter le battement des roues qui tournent à vide, comme si tout l'effort de traction provenait de la roue dentée, cheminant sur la crémaillère.

Très vite, l'air devient plus frais ; des branches de sapin frôlent le wagon. On entend le sifflement glacé des oiseaux de montagne.

La mère a ouvert les paupières. Elle ne s'intéresse pas au paysage. Ses yeux restent constamment fixés sur un objet invisible dont le mouvement du wagon ne modifie pas la position, comme s'il l'accompagnait à la même vitesse. Parfois, elle sort brièvement de sa contemplation pour regarder l'enfant, un passager, ou sa main gauche qui est nue. Très vite, son regard revient vers la fenêtre et se pose à nouveau sur cet objet invisible. Assis en face d'elle, l'enfant imagine que les passagers qui se trouvent derrière lui examinent la mère et que c'est justement leur curiosité qui l'oblige à s'isoler. Mais pourquoi ces gens seraient-ils plus attentifs à la mère que les passagers, debout derrière elle, que l'enfant voit de face ? Tournés vers le paysage, ils l'ignorent en effet.

L'un des voyageurs attire l'attention de

l'enfant. Sa silhouette est mince, élégante. Il porte un costume de tissu léger et tient à la main un panama, d'un air un peu gêné. L'enfant a-t-il déjà vu cet homme ? Il n'en est pas certain.

Son élégance n'intrigue personne. Peut-être ne retiendrait-elle pas davantage l'attention de la mère, si elle occupait la place de l'enfant. Mais elle a le pressentiment de cette présence. En plongeant, comme elle le fait, le regard dans une contemplation lointaine, elle se place dans un état de recueillement favorable à cette découverte, dont il est inutile qu'elle contrôle la réalité.

L'homme a ouvert la porte coulissante et glissé le visage dans l'entrebâillement. Il regarde la pente du rail, que le train dévore lentement, et cette avenue de sapins qui vient vers lui, s'entrouvre, puis s'enfonce dans la vallée. Il se retient de sauter. Il aimerait suivre le train en courant, se laisser distancer et, de loin, faire de grands signes avec son panama. La mère se garderait bien de se retourner, les yeux inlassablement fixés sur cet objet lointain qui, à mesure que l'on approche de la station, paraît l'absorber davantage.

La gare ouvre sur un grand parc, au milieu duquel des tables et des chaises ont été rassemblées à l'ombre des arbres. Un peu plus loin, juchés sur une estrade ornée de guirlandes et de feuillages, des musiciens accordent leurs instruments. Il y a un kiosque où l'on vend des glaces et un grand bassin où évoluent des bateaux miniatures que des enfants dirigent, surveillent ou ramènent vers le bord à l'aide de longues gaffes. Un peu plus loin, des gens sont rassemblés sur une terrasse offrant une vue étendue sur les montagnes et la vallée.

La mère s'est engagée dans l'allée centrale qui conduit à l'estrade où sont installés les musiciens dont le chef vient de se lever pour saluer l'assistance, à trois reprises, cérémonieusement. Personne ne l'applaudit. Le public distrait circule aux alentours de l'estrade, sans s'arrêter. Quelques promeneurs, il est vrai, sont assis près des tables, mais ils ne prêtent aucune attention à ce qui se passe sur l'estrade, la plupart lui tournant le dos comme si le spectacle était du côté de la gare du funiculaire ou dans la grande allée.

Ainsi, l'enfant a-t-il le sentiment que la mère est l'objet de la curiosité du public, qu'elle appartient au spectacle et même qu'elle en est la vedette. Ses cheveux un peu en désordre, sa robe bleue, très simple, forment parmi les autres promeneurs, en tenue négligée, un tableau surprenant. Les trompettes de l'orchestre n'annoncent-elles pas son arrivée ?

Mais elle marche maintenant, au milieu de la prairie. Elle erre parmi les tables désertes, s'assied, regarde, rêveuse, le feuillage des arbres, arrête les yeux sur les musiciens d'un air étonné. Va-t-elle parler à quelqu'un, demander un renseignement ? Elle se lève. Elle veut s'échapper, fuir, d'un pas lent, il est vrai, calculé. Elle s'arrête près de la pièce d'eau, pousse l'enfant devant elle d'un mouvement doux mais décidé.

L'eau claire découvre un fond de vase verte où dorment d'étranges épaves et l'ombre mouvante des branches. Les bateaux chassés par le vent errent à la dérive. Certains s'abordent de plein fouet, d'autres, détournés de leur route, viennent s'échouer sous le jet qui les retient prisonniers. Cette eau verte, ces pas précipités sur le gravier, ces corps qui se bousculent, ces mains tendues, ces cris, l'enfant y devine une menace. Ses mains caressent le granit rugueux du bassin, glissent jusqu'à l'eau glacée où il plonge les doigts.

La mère s'est éloignée ; elle avance le long du bassin. L'enfant voit dans l'eau le reflet étiré de sa robe qui efface, passagèrement, de son ombre ces figures d'enfants, noyées, qui regardent en riant le ciel et les arbres.

Ils ont quitté l'allée et traversent la prairie qui descend vers un bois de sapins. Des chênes ombragent les prés. Leurs branches laissent filtrer des pans de lumière qui forment, au sol, de grandes plaques. L'herbe rase meurt par endroits, dessinant des taches brunes où remuent de beaux insectes rouge et noir. Les branches mortes composent des lettres inconnues. La mère pénètre dans le bois. Elle marche moins vite. L'enfant s'arrête, écoute.

Ils ne sont plus seuls. Quelqu'un siffle derrière eux. Une ombre glisse entre les fûts minces, passant d'un arbre à l'autre. La mère se retourne, sourit, parle. Ses paroles ne s'adressent pas à l'enfant mais à l'ombre dont le pas s'éloigne, se rapproche, s'éloigne encore, revient. Peu à peu, l'enfant s'accoutume à ce sifflement, à cette présence, à ces pas qui brisent le bois mort, à ce corps que, tout à coup, entre deux buissons, surprend une tache de lumière. Vêtu de blanc, il avance à petits

97

4

pas, puis disparaît derrière un bouquet
d'arbres. Il surgit à nouveau plus loin,
marchant devant la mère ou à son côté,
quelquefois derrière elle.

A présent, on dirait qu'il l'accompagne
depuis longtemps, qu'il n'a jamais cessé
d'être là, de rôder, de siffler, et que la mère,
de son côté, s'est habituée à lui. Ils se
parlent, en effet, se font des signes furtifs.
De temps en temps, elle disparaît, elle
aussi, derrière les branches des sapins.
Ainsi, l'enfant reste souvent seul, n'en-
tendant plus un bruit, sinon le vent sourd
dans les cimes. Il poursuit son chemin écar-
tant les branches lourdes et souples. Parfois, il croit reconnaître le frôlement d'un
vêtement, ou bien une voix.

Lorsqu'il sort du bois, il s'arrête.

La mère est seule, devant lui. Appuyée
à un rocher, elle lui tourne le dos. A cause
du vent, ses cheveux dénoués ont des mouvements de flammes. La manche de son
corsage est déchirée.

Maintenant, ils descendent tous les deux

vers la vallée, d'où montent des fumées.
Elle voudrait courir, mais elle trébuche et
s'arrête. L'enfant la précède. Il court, s'arrête, lui aussi, se retourne pour la regarder.
Ils reprennent leur marche. Elle lui sourit.
A cause du vent, il y a des larmes sur ses
joues.

Elle avance dans la grande galerie entre
les colonnes, d'un pas hésitant. Elle porte
une robe sombre. Ses cheveux sont tirés en
arrière et forment une tresse sur sa nuque.
Mais les pensionnaires qui sont là, occupés
à lire ou prenant le thé, ne lèvent pas les
yeux sur elle.

Dans l'angle de la porte, ouvrant sur la
terrasse, le père se tient debout, tourné vers
la rue. Au pied de l'escalier, le groom est
immobile, les mains gantées de blanc et
croisées dans le dos. Le père n'a pas vu
la mère. Il ne l'entend pas davantage, à
cause du torrent. Elle s'est arrêtée près de
lui, un peu en retrait. La lumière du soir

s'étend sur la façade de l'hôtel et pénètre, à présent, dans les salons, jusqu'au fond de la galerie où l'ombre des colonnes s'incline vers le sol.

Une voiture rouge, la capote baissée, vient de s'arrêter devant l'hôtel. La main du groom saisit, l'une après l'autre, les poignées de cuivre en forme d'anneau et les tourne avec précaution, découvrant ainsi l'intérieur de l'automobile dont les sièges sont tapissés de moleskine noire. On aperçoit les cadrans du tableau de bord et, entre les jambes du chauffeur, le talon métallique d'une pédale.

Embarrassés par leurs manteaux, le visage dissimulé sous de grandes casquettes et des lunettes de voyage, les passagers attendent qu'on vienne les aider à descendre. Seul, un jeune garçon assis à côté du chauffeur pourrait, sans le secours de personne, sauter à terre. La tête mollement appuyée dans l'angle de la portière, les jambes écartées, il ne s'est pas encore tourné vers l'hôtel, indifférent à ce qui se passe autour de lui.

Les passagers, assis à l'arrière, montrent une certaine impatience et font signe au groom de venir à leur aide, ce qui ne manque pas d'attirer aussitôt d'autres domestiques et d'éveiller la curiosité des pensionnaires qui se penchent aux fenêtres. Le groom a déjà reçu quelques bourrades. Il va d'une portière à l'autre, car on l'appelle de tous côtés, chacun le voulant pour soi et lui tendant des cannes, de petits sacs, qu'il dépose, reprend ou confie à d'autres mains. Les voyageurs ont réussi à se lever, mais aveuglés par leurs lunettes de mica, ils tâtonnent, les bras en avant, cherchant une épaule docile pour les guider.

Le jeune garçon, assis à l'avant, n'a pas encore bougé. Le chauffeur et la passagère — les deux autres automobilistes sont des messieurs de haute taille — essaient vainement de le convaincre en lui parlant à voix basse. On lui flatte les cheveux, on dénoue la sangle de sa casquette, on lui secoue les genoux. Mais il reste insensible à ces compliments. Après un bref conciliabule, on se décide à l'extraire de la voiture avec mille précautions, en l'asseyant, puis en le mettant debout sur le marchepied. Il fait, avec lassitude, le geste de repousser les gens, avance sur le trottoir, puis se laisse choir sur une marche. Les domestiques veulent l'aider à se relever, mais la voyageuse intervient pour les en dissuader.

Les autres automobilistes se sont rassemblés devant la voiture et discutent. L'un d'eux a relevé la visière de sa casquette fourrée. Il examine la façade de l'hôtel avec une certaine méfiance et regarde, non sans irritation, les curieux rassemblés aux fenêtres.

Le père s'est accoudé au balcon du perron. Il leur fait des signes. Les voyageurs mettent un certain temps à le reconnaître. Une évidente satisfaction apparaît, alors, sur leurs traits. Et les voici qui font, à leur tour, de grands saluts en direction de la terrasse. C'est une surprise pour les pensionnaires réunis au salon ; ils se tournent vers la mère, qui n'a pas quitté sa place et se trouve un peu en retrait de la porte-fenêtre.

Le père a déjà rejoint les voyageurs et les congratule, en essayant de les entraîner vers le hall. Sa silhouette s'est soudain animée. Il va de l'un à l'autre, tapote la joue du garçon et, les poings sur les hanches, marche de long en large devant l'automobile, d'un air admiratif. Enfin, désignant la façade, il se lance dans de longues explications qui ont probablement pour but, en vantant les agréments de l'hôtel, de retenir les voyageurs. Mais son discours ne les convainc pas. Seule, la jeune femme paraît hésiter. Sans doute, voudrait-elle faire une petite halte. Profitant de l'indécision de ses compagnons, elle entraîne, en effet, le jeune garçon vers l'escalier.

La mère s'est éloignée dans la grande

galerie. L'enfant ne l'a pas suivie, et reste dans l'ombre d'une colonne.

Le jeune garçon est maintenant assis dans un fauteuil du salon. On a poussé devant lui une petite table sur laquelle est servie une assiette de gâteaux. D'une main, il caresse les doigts de la femme qui s'est agenouillée près de lui ; de l'autre, il joue avec les clous dorés du fauteuil. Ses cheveux coiffés en frange tombent sur ses épaules.

Dehors, le chauffeur a regagné sa place au volant de la voiture, d'un air mécontent, tandis que ses compagnons se décidaient à rejoindre la terrasse. Assis sur des chaises de jardin, ils bavardent avec le père. De quoi peuvent-ils parler et qu'ont-ils donc à se dire ? Ils ont conservé leurs lunettes.

Revenus de leur surprise, les pensionnaires ont repris leurs occupations en feignant, par politesse, d'ignorer ces nouveaux venus.

La voyageuse offre des gâteaux au garçon qui les refuse d'une moue dédaigneuse.

Pourtant, il accepte d'en croquer un, du bout des dents. Eclairé par le soleil couchant, son visage est très pâle, d'une délicatesse maladive. De ses yeux clairs, il observe l'enfant en silence, comme un objet. Ses coudes sont appuyés sur les bras du fauteuil, dans la pose d'un jeune roi. La gravité de son expression démontre qu'il a conscience de sa beauté. Mais n'est-ce pas le respect et l'attention dont l'entoure la voyageuse qui font de lui un être à part ?

L'enfant voudrait faire quelques pas en avant. Mais il sait que cette approche n'apaiserait pas sa curiosité. Peut-être même éveillerait-elle, en lui, un attrait irrésistible pour ce visage de fille.

Il s'éloigne donc et rejoint la mère.

Derrière les vitres de la grande galerie, des enfants de l'hôtel jouent dans le jardin obscur. Quelques filles sont venues coller leur tête étonnée contre les carreaux, d'autres font des pieds-de-nez à l'enfant ou lui tirent la langue. Se pressant contre la glace, elles cherchent à occuper la place d'où elles pourront être le mieux vues, comme si elles revendiquaient toutes, en même temps, le droit d'offrir à l'enfant le spectacle de leur jeune corps qu'elles écrasent sur la vitre avec un plaisir évident, dans un mouvement maladroit des hanches, en cambrant les reins pour, d'un sursaut brutal du postérieur, repousser leurs compagnes qui se pressent derrière elles. Parfois, d'un geste nerveux, elles soulèvent leurs jupes pour se gratter, découvrant la peau de leurs cuisses, qu'elles cachent aussitôt d'un geste de pudeur offensée, en échangeant des clins d'œil rieurs. Puis, elles embrassent la glace en ouvrant toute grande la bouche, qu'elles promènent sur la vitre comme des ventouses.

Mais la mère entraîne l'enfant. Alors, elles se mettent à crier et frappent de leurs poings contre le carreau, à un rythme saccadé et furieux.

Le salon est désert. Il fait presque nuit. Le siège où l'on avait assis le garçon est vide.

Sur la petite table, l'assiette de gâteaux est à peine entamée. La mère avance jusqu'à la terrasse. Le groom a repris sa faction au bord du trottoir, les mains jointes dans le dos, les jambes un peu écartées. Il siffle d'un air satisfait. Sans doute, a-t-il reçu un bon pourboire des voyageurs, avant leur départ. Le père, lui aussi, est là, immobile au pied de l'escalier. Les épaules un peu voûtées, il regarde du côté de la montagne.

La mère recule, alors, de quelques pas, évitant ainsi de se trouver dans le champ du lampadaire de l'entrée, que l'on vient d'allumer.

Le torrent rumine dans l'obscurité. La ville est devenue muette. Entre les feuilles de géranium, on aperçoit le parapet du torrent et, au-delà, les gazons, les allées de sable du square qu'éclairent des réverbères auréolés de buée. Plus loin encore, près d'un bosquet, un homme est assis sur un banc. Il porte un costume clair et tient sur ses genoux un panama blanc.

Mais il ne tardera pas à se lever, pour disparaître parmi les arbres. La mère reviendra, alors, vers le salon.

III

Un arbre dont l'enfant ne connaît pas le nom. Une lumière, presque rose, s'ouvre en éventail sur les murs en se glissant entre les rideaux qui ont l'épaisseur du damas et les tons riches des ornements d'église. Des oiseaux verts, aux ailes déployées et très effilées, y sont dessinés. Par endroits, les ailes ou le bec, quelquefois la tête, sont coupés.

Dehors, dans l'encadrement de la fenêtre, l'arbre porte, à mi-hauteur du fût, une blessure enduite de résine sèche, tandis que les branches supérieures, très puissantes, s'évasent vers le ciel que l'on ne voit pas. Elles maintiennent le tronc en équilibre.

Tantôt, elles ont l'air de le tirer vers le ciel, tantôt elles paraissent l'écraser. De la sorte, on assiste à une lutte sourde, entre les deux parties de l'arbre qui, simultanément, s'attirent et se repoussent.

L'arbre ressemble à un corps. Rêveusement, l'enfant cherche à situer les hanches, le bassin, les jambes. Il choisit, sur l'écorce, un endroit où coule la résine pour fixer la naissance des cuisses. Il imagine que les jambes sont réunies et liées par une bande rugueuse qui les confond et les dissimule. Parmi les branches, il choisit les plus symétriques pour représenter les bras. Les autres prennent, alors, l'apparence d'excroissances ou d'instruments de torture, fichés dans ce corps, dont la tête se perd au milieu du feuillage.

De sa place, l'enfant voit aussi d'autres arbres du parc. Mais ce sont des arbres privés de vie, situés dans un autre univers et, cependant, mêlés au paysage familier de cette maison de campagne, qui surprend, dès qu'on en observe certains détails, une barrière, un mur de ferme, un chemin. L'enfant y découvre le signe d'une activité humaine qui ignore son existence à lui, qui ne se soucie pas de son regard, et n'attend pas davantage son approche.

La prairie, la forme des allées, le banc de pierre, la consistance argileuse du sol, ce rassemblement de feuilles mortes et, aussi, l'emplacement des ombres qui, chaque jour, retrouvent la même position aux mêmes heures, tout cela forme un monde connu, intime, qui pourtant se tait, n'entend rien, ne regarde rien et dont les détails échappent à l'esprit dès qu'on ferme les yeux, pour se perdre, se noyer parmi ce décor indifférent et paisible, parmi cette nature couchée, que la voix humaine ne dérange pas.

Pourtant, des gens marchent au milieu de ces bois, derrière ces murs de ferme, dans l'enceinte de ce village lointain. Mais rien ne bouge. De l'est à l'ouest, une étrange immobilité frappe les arbres, les prés, les toits. Ce spectacle inspire le sentiment d'un faux sommeil, d'une guerre secrète, masquée par les formes vagues de l'horizon. D'ailleurs, les insectes qui se sont égarés dans la chambre et se cognent contre les vitres, annoncent un danger. Le bourdonnement de leurs ailes ressemble à la fièvre, à la peur, comme s'ils tentaient d'échapper à un enfer invisible, enfer que dissimule cette vallée d'où monte une palpitation continue.

Ces abeilles, ces mouches, ces insectes sans nom que charrient la lumière et la brise, et qui fuient à toute vitesse, en groupes serrés, où vont-ils ?

Des gens parlent devant la maison. Ces bruits ne les inquiètent pas. Peut-être appartiennent-ils, à leur insu, à ce concert gigantesque.

Dans la grande allée bordée de tilleuls, des enfants se poursuivent à bicyclette et disparaissent, les uns derrière les autres, à l'endroit où l'allée amorce un virage. Puis, ils descendent la pente, vers la vallée où soudain les hautes herbes les cachent. Un peu plus tard, ils sortent du bois. Quelquefois, ils font halte devant la maison, ou bien ils accélèrent, en s'adressant des ordres brefs.

De son lit, l'enfant ne voit qu'une partie de leur circuit. C'est donc lorsqu'ils s'engagent sous le tunnel de feuillage qu'il les observe avec le plus d'attention. Mais il n'est pas possible de les dénombrer, en raison de leur dispersion sur l'ensemble du parcours et de leur vitesse inégale qui momentanément les rapproche, les sépare et les disperse.

Le crissement continu des pneus sur le gravier éveille un sentiment de migration, de mouvement sans fin. Les cris, le son aigu des timbres, le grincement des chaînes, des garde-boue, quelquefois le sifflement soyeux des rayons, tous ces bruits simultanés se combinent et s'accordent avec celui des insectes, décuplant cette sensation d'encerclement. L'arbre, lui aussi, paraît délaissé, ignoré. Ses branches maîtresses, qu'il tend vers le ciel, expriment une douleur muette, faite de la torture que lui infligent les autres branches, fichées dans son corps comme des clous, et de l'indifférence du monde.

Elle avance vers le lit. Son ombre cache l'arbre. Se trouve-t-elle dans la chambre depuis longtemps, ou vient-elle d'entrer ? Combien de fois est-elle apparue ainsi, portant avec elle une odeur d'herbes, de linge tiède et, quelquefois l'odeur du père. Sur la table de nuit, il y a des médicaments, des compresses, des livres d'images. Elle parle à son enfant. Sa voix est un peu plus inquiète qu'autrefois. Ses mains sont moins souples.

Elle touche distraitement des objets, des vêtements, puis le lit. Elle remet en ordre les draps et, d'un mouvement machinal, en efface les plis. Elle prend le poignet de l'enfant, son cou qu'elle caresse sous l'oreille. Elle avance l'autre main, écarte l'échancrure de la chemise, glisse les doigts jusqu'à l'épaule. Elle penche le visage.

114

L'enfant voit ses yeux cernés, une ride qui traverse le front.

Assise, les poings enfoncés de chaque côté de l'oreiller, elle soupire. On dirait qu'elle étouffe, car elle redresse la tête pour reprendre sa respiration. Parfois, elle pousse un gémissement un peu rauque, qui se prolonge lorsqu'elle baisse la tête. Son front tombe, alors, sur le buste de l'enfant où il roule lentement, de droite à gauche. Ses cheveux se répandent dans le cou, sur les épaules, cachant une partie de l'arbre, la jonction imaginaire des jambes. Son visage glisse, descend jusqu'au ventre. La bouche saisit la chair, au-dessus de la hanche et reste ainsi, longtemps immobile.

L'enfant a reconnu des pas sur le gravier. Le père se promène dans le parc. Il ne sait pas que la mère est là, dans la chambre, et qu'elle embrasse l'enfant. A présent, il marche à travers la prairie. On entend le crissement de ses souliers sur l'herbe brûlée. Sans doute, s'inquiète-t-il de la mère, mais peut-être davantage du silence de la

115

campagne, de cette vibration métallique et continue. Des oiseaux, perchés sur le grand arbre, sautillent, d'une branche à l'autre, battent des ailes, aiguisent leur bec contre l'écorce.

Le père appelle la mère. Sa voix est cassée. Ce nom qu'il prononce, on dirait qu'il n'en comprend pas la signification comme si c'était un nom qui n'appartenait à personne et ne se rattachait, dans son esprit, à aucune image. C'est un nom presque mort. Il le prononce à contrecœur, sans y croire. Il répète son appel avec lassitude, découvrant peut-être qu'il n'appelle personne.

La mère ne répond pas. A voix basse, elle presse l'enfant de s'habiller et lui présente les vêtements du dimanche.

Une voiture est arrêtée devant le perron. La mère est assise à l'avant, près du père. Du fond de l'auto, l'enfant regarde leurs épaules immobiles, leur nuque rigide. A côté de lui, une femme en noir, chaussée de souliers rustiques. Elle tripote un chapelet dont les grains roulent sur la banquette. Elle ne parle pas. On ne se soucie pas d'elle. On ne se demande pas ce qu'elle désire, ni ce qu'elle pense. On n'imagine pas qu'elle ait une pensée. Elle se racle la gorge de temps en temps. C'est une liberté qu'on lui accorde. Que se passerait-il si elle se mettait à parler ?

La mère porte un chapeau d'été qui frôle celui du père, s'en écarte, revient ; mais ni l'un ni l'autre n'ont conscience de ce contact. D'ailleurs, ils ne s'adressent pas la parole et regardent la grande allée qui descend à travers les arbres et que découpent, au premier plan, le capot du moteur et cette proue que forme le radiateur nickelé. A droite et à gauche, l'arrondi des ailes paraît écarter le talus et repousser les grandes herbes, comme un soc de charrue retournant la terre. De sa place, l'enfant peut contempler, tout à la fois, le capot, les ailes, et cette masse de feuillages qui entoure les vitres, masse dans laquelle la voiture s'enfonce, traversant des étendues d'ombre, puis surgissant dans la lumière que des courants de verdure différents balaient jusqu'à l'horizon.

Un frémissement de feuilles et d'herbes se mêle au vent qui siffle par la glace entrouverte. L'enfant songe à de grands voyages. Des images se précipitent vers lui, comme poussées par cette lumière vers laquelle la voiture se rue, que le capot dévore, engloutit. Simultanément, elles paraissent reculer, s'éloigner, se coucher au loin pour devenir, dans un creux de vallon, à l'extrémité d'une allée, des lieux de rêve, à portée du regard, installés dans ce paysage fuyant comme de grands lacs inaccessibles.

Le père et la mère voient-ils tout cela ? Entendent-ils le vent ? Ne portent-ils pas en eux quelque chose de lourd mêlé à leur corps qui les paralyse ?

Mais cette vieille femme qui marche au bord de la route, suivie de son chien, rassure l'enfant. Il tourne la tête pour la suivre des yeux, jusqu'à ce qu'elle se perde, absorbée par la campagne, fondue en elle pour toujours, comme cet arbre tordu qui se penche vers la route pour rejoindre les gens qui passent, les appeler et les entraîner dans son univers végétal et souterrain.

Devant le porche de l'église, les enfants ont abandonné leurs bicyclettes. Aux pieds des saints sculptés et décapités, elles forment un amas de ferraille brillante. Cadres, guidons et roues emmêlés, pédaliers, chaînes, roues dentées composent une seule machine, complexe, pour laquelle les saints ont l'air de prier, implorant Dieu, comme si cet enchevêtrement d'acier leur rappelait des tortures et réveillait la douleur de leurs mutilations. Au-dessus d'eux, des démons et des serpents regardent attentivement ces machines, tout prêts à se jeter sur elles, tandis qu'à travers l'énorme porte cloutée, on entend des chants menaçants.

La mère a posé sa main sur le loquet

Elle hésite, mais le père a hâte d'entrer. Le dos un peu voûté, il s'incline pour pénétrer dans l'église. Une rumeur monte de la nef, à laquelle ils accèdent par le bas-côté. La rosace de l'abside éclaire la mère. Les fidèles la regardent. N'est-ce pas la même foule que celle de la plage, de l'établissement de bains, de l'hôtel ? Il faut avancer, se glisser, entre les prie-Dieu, cheminer sous les colonnes, écarter des chaises, frôler les béquilles des ex-voto.

Le père s'est arrêté près du chœur. La mère marche seule, à présent, suivie de l'enfant. Les orgues se sont tues soudain, comme pour la surprendre, mais elle avance sans bruit, d'un pilier à l'autre. Des visages se lèvent dans l'obscurité. Son ombre grandit, se rétrécit, s'efface quelquefois, revient vers le chœur où, à travers les grilles, le prêtre s'incline vers la pierre sacrée tandis que les fidèles s'agenouillent dans un mouvement d'effroi.

Elle s'est approchée de l'autel et reste là, protégée par les ailes repliées d'un ange de bois peint, dont les pieds nus dépassent des plis de sa robe dorée.

Le prêtre a-t-il découvert sa présence ? Il va faire un faux pas, renverser le ciboire. Les mains jointes, l'ange paraît implorer le prêtre qui s'accoude à l'autel, s'agenouille, se cache la tête dans les paumes comme s'il avait honte. Puis il se redresse en levant les yeux au ciel d'un air navré.

Alors, surgit le grondement des orgues. Il monte du fond de l'église, s'amplifie, envahit la nef, s'apaise soudain, reprend son souffle dans un battement impatient et cadencé, puis revient à l'assaut, sans hâte, dans une sorte de balancement uniforme qui rappelle le rythme des vagues. L'enfant a reconnu le mugissement de l'océan. Ces sons qui déferlent sur les marches de l'autel et se brisent aux pieds du prêtre, cherchent à encercler la mère. Ils la menacent. Elle semble abandonnée par l'ange, indifférent et fragile dans sa robe légère qu'un vent de bourrasque presse sur ses flancs.

Elle recule de quelques pas et retrouve, en tâtonnant, la main de l'enfant. Quelque chose la retient encore près de l'ange. Est-ce le regard du père qui, de l'autre côté du chœur, se tient debout, un peu en avant d'un groupe d'hommes, immobile comme un soldat ? A cause de sa haute taille, on le dirait juché sur une estrade d'où il va haranguer ceux qui l'entourent. Ainsi, veut-il démontrer que lui seul détient une vérité que la mère ne connaîtra jamais.

Quelle est cette vérité ?

Au-dessus de lui, se détachant de la pénombre des bas-côtés, un vitrail représente Jésus au côté de sa mère. Jésus regarde droit devant Lui. Les yeux vides, Il contemple un univers qui ne Le concerne pas. Mais on dirait aussi qu'Il observe quelqu'un parmi la foule. La main levée, Il pointe, en effet, le doigt dans la direction de l'enfant, pour le désigner aux fidèles, pour expliquer qu'il ne ressemble à personne. Ne lui conseille-t-Il pas de s'éloigner de la mère ?

Le prêtre s'est tourné du côté de l'enfant et s'incline. La foule s'agenouille.

Au fond de la nef, le portail s'ouvre à deux battants sur la place déserte. Du linge de couleur sèche aux fenêtres des maisons. Contre un mur, on voit un âne immobile. L'église s'assombrit.

C'est un jour d'été. Le village est désert, brûlant. La mère et l'enfant sont seuls près du chœur au milieu des chaises abandonnées. Un peu à l'écart, près d'un pilier, un homme est debout. Le soleil à travers les vitraux dessine une tache rouge sur l'épaule de son costume blanc. On entend les cris des gamins traversant la place en courant, ou bien le battement d'ailes d'un oiseau affolé, perdu sous les voûtes.

La mère descend vers le porche. Elle retrouve l'homme près du bénitier. Ils se touchent le bout des doigts, puis s'éloignent. Ils s'arrêtent, encore une fois, devant le portail, éblouis par le jour. Au bas des

marches, quelques personnes sont rassemblées, par petits groupes, et les regardent.
On peut se demander si ces gens sortent
eux aussi de l'église, ou s'ils sont venus ici
par curiosité, pour voir la mère. Sans
doute, sont-ils là par hasard. Et s'ils examinent la mère avec tant d'attention, c'est
parce qu'ils ne s'attendaient pas à voir une
femme aussi élégante devant l'église, à cette
heure de la journée. D'ailleurs, aucun d'eux
ne la salue. Lorsqu'elle avance sur la place,
ils se détournent.

L'enfant marche, assez loin, derrière elle.
Il s'est arrêté, une fois, pour regarder l'intérieur de l'église. Alors il a cru reconnaître
une voix qui l'appelait, tout bas. Il a entendu son nom, suivi d'un « chut » prolongé,
insistant, menaçant... Tout en marchant,
cette voix lui revient aux oreilles. Il entend
également des pas. Les pas longent le mur
de l'église, le suivent à travers la place,
s'éloignent. Il n'entend plus rien. S'il se
retournait, il sait qu'il ne verrait personne.
C'est plutôt comme un regard qui ne quitte

pas la mère, qui l'oblige à fuir et lui interdit de tourner la tête.

Elle longe les arcades, mais son compagnon, soudain, s'écarte d'elle. Il marche vite. Elle voudrait l'appeler. Mais elle n'ose prononcer son nom.

L'homme a tourné l'angle de la grand-rue. Lorsqu'ils y arrivent à leur tour, elle est vide.

A travers la vitrine des boutiques, on devine, derrière chaque comptoir, une vendeuse immobile, qui regarde dehors. Quand la mère passe, le regard paraît s'animer, sortir d'un songe ; le bras ébauche un geste, la bouche s'entrouvre pour sourire, ou vous engager à pousser la porte. Mais il y a, dans chaque sourire, quelque chose qui épie, qui vous chasse. La mère a rabattu les bords de son chapeau. Elle presse l'enfant de marcher plus vite. Elle a hâte de quitter le village.

Il a plu. Le vent traîne des nuages

d'océan. De temps à autre, une averse traverse, au loin, la lumière comme des millions d'écailles. La mère s'arrête.

Pour la première fois, elle se retourne. Elle ne voit personne.

Sa main repose sur les genoux de l'enfant. Il observe la ligne de vie, celle du cœur, le renflement de la paume.

Elle est étendue. Peut-être s'est-elle couchée au bord du sentier parce qu'elle était lasse. Peut-être, est-elle tombée. Apparemment, elle ne porte aucune blessure. Sa tête repose dans l'herbe. Les yeux mi-clos, les traits crispés, elle regarde le ciel. Elle respire vite. En levant la tête, l'enfant aperçoit le village, sur l'autre versant de la vallée, le tracé du sentier qu'ils ont emprunté et soudain, une silhouette d'homme remontant vers les bois à travers la luzerne, silhouette qu'il ne peut identifier à cause du faux jour.

Il n'est pas sûr d'être seul avec la mère.

126

Elle s'est tournée vers lui, mais son bras droit est renversé dans l'herbe comme si elle cherchait à atteindre quelque chose hors de sa portée. Autour d'eux, la prairie est nue. Il entend un froissement, ou bien une ombre qui passe furtivement, pareille à celle d'un grand oiseau de nuit. C'est ce qui explique le sourire effarouché de la mère et ce lent mouvement des hanches qui, momentanément, l'écarte de l'enfant. Elle prononce une ou deux paroles incompréhensibles ; elle soupire, ou bien elle rit.

Et tout à coup elle le regarde, comme s'il était loin d'elle.

Tantôt sa main est très proche, tantôt à une grande distance, fermée, semble-t-il, sur une autre main. Tantôt, sa robe baigne dans un soleil éclatant, tantôt l'ombre des arbres y dessine d'étranges zébrures. Il arrive aussi qu'elle frissonne et s'enroule dans un manteau que l'enfant n'a jamais vu. Indifférente à la boue qui souille ses souliers et ses bas, elle respire en dilatant ses fines narines. Le visage levé, elle regarde la cime des arbres ou les nuages, émerveillée. L'enfant écoute une voix très basse qu'il ne connaît pas. Mais il n'ose lever les yeux au-delà du corps de sa mère.

Lorsqu'ils remonteront vers la maison, il entendra des pas dans le sous-bois, comme si quelqu'un les accompagnait, à une distance constamment égale.

Un tableau domine la table où il déjeune avec les autres enfants. Lui seul voit, sur le mur, ces arbres, cette rivière et cette vallée d'où surgissent à l'horizon des mâts de navires étincelants qui annoncent un avenir de liberté. N'est-ce pas une lumière identique qu'il vit un jour, furtivement, de la fenêtre du funiculaire, lumière que les parents, qui déjeunent dans la pièce voisine, ignorent ?

Les deux battants de la porte sont largement ouverts pour permettre à la domestique de passer d'une pièce à l'autre et de faire le tour de la petite table, après avoir servi les grandes personnes que l'enfant peut observer à loisir de sa place. Cependant, une grande distance paraît séparer les deux tables. La domestique met un temps infini pour accomplir ce parcours, comme si la grande table était le reflet, dans une glace, d'un repas servi dans une autre pièce. Impression renforcée par le silence des convives qui bavardent entre eux mais dont les voix étouffées paraissent venir du jardin.

La salle est plongée dans la pénombre où s'effacent les visages, celui de la mère, en particulier, dont les mains tâtonnent autour de l'assiette pour trouver ses couverts. Elle les saisit enfin, puis les repose, sans en faire usage. De temps en temps, sa main vient errer autour du cou. Elle relève la tête, la bouche entrouverte à la manière de quelqu'un qui étouffe et voudrait se lever. Mais personne ne prête la moindre attention à ces mouvements singuliers.

Le père est assis en face d'elle. Ses yeux restent le plus souvent fixés sur la fenêtre ouverte. Est-ce bien la campagne qu'il contemple et sait-il ce qu'il voit ? Il ignore ce qui se passe autour de lui et cherche à se souvenir d'un endroit, d'un temps où il vivait différemment. Son regard bleu, en observant les choses, ne se souvient pas. Il a perdu la mémoire de tout, de l'enfant, de la mère aussi. Alors que les autres convives bavardent et se préparent à de nouvelles activités, lui, ne bouge pas. Il se tait et se comporte comme si ce repas devait durer jusqu'à la fin du monde. Lorsqu'il remue, lorsqu'il parle, ce qui arrive quelquefois, on dirait que, dans un énorme effort, il cherche à imiter les autres, à leur expliquer qu'il est là, qu'il existe. Mais très vite, il se décourage, il oublie.

De temps à autre, il tourne la tête vers la table des enfants, attiré par cette lumière vive qui éclaire la petite salle à manger. Il cherche son fils, sans parvenir à l'identifier.

Ainsi cette distance qui, pour l'enfant, sépare les deux tables, trouve-t-elle son explication.

Les enfants ont hâte de se lever. Ils mangent avidement et attendent d'être seuls, entre eux, pour se parler ouvertement. Sous leur apparente fragilité, se cache une force d'acier. De leurs dents saines, ils déchirent le pain, broient la viande et font claquer leur langue. Leurs doigts se promènent sur la table, cherchant quelque chose à palper, à briser. Leurs mains portent des traces de boue et de cambouis, quelquefois des égratignures. Ils sont vêtus de vêtements clairs, de tissu rude. Ils portent des ceintures de cuir et, sur la hanche, soutenu par une agrafe d'acier, un canif, quelquefois un poignard.

Un tricot de couleur à larges torsades emprisonne le torse des filles jusqu'à la taille. Leurs longs cheveux raides enveloppent front, tempes et nuque comme un casque, tandis que le visage s'offre pareil à une cible pour une destruction future, très lointaine, incertaine, tant leurs yeux, leur bouche, ces joues de lait paraissent narguer le danger.

Ils ne connaissent presque rien de ces parties délicates de leur visage dont ils n'exploitent que les fonctions immédiates, sans jamais s'abandonner, dans leurs rêveries, à d'autres découvertes.

Ils songent à leurs bicyclettes, rassemblées contre un arbre, quelque part près de la maison, au chemin qu'ils ont parcouru, à leurs guidons d'acier plongeant sur la roue étincelante, aux pierres qui éclatent sous les pneus souples, aux longues poignées de caoutchouc rayé qu'ils étreignent dans les virages, caressant, cherchant du pouce la gâchette du timbre. Ils entendent le grincement de la chaîne raidie, le roulement soyeux du pignon de roue libre, le cliquetis de la trousse à outils. C'est pourquoi ils se taisent.

Mais dès qu'ils se lèvent, on dirait des

soldats, des mercenaires à têtes d'anges. Ils cognent leurs chaises, font grincer leurs lourds souliers sur le parquet, piochent des restes d'aliments. Ils se bousculent à la porte pour se précipiter dehors comme des fous, en jetant des cris gutturaux, d'incompréhensibles invectives, des menaces s'adressant au ciel, aux arbres, à eux-mêmes, peut-être à l'enfant qu'ils feignent d'ignorer, ou aux parents qui, de la fenêtre, les voient s'éloigner.

Ils ont enlevé leur chemise. Ils la nouent autour de leur taille. A présent ils portent la seule cuirasse de leur buste. Chacun s'est emparé d'une branche ou d'un morceau de bois mort qu'il tient sous le bras, comme une lance pointée en avant. Les filles se distinguent alors des garçons qui se saisissent de leurs armes et les brisent. Puis, ils les engagent à marcher devant. Du bout de leurs piques, ils les frappent ou les caressent. Le soleil éclaire le sous-bois, ces corps d'enfants qui avancent en silence, baignés de lumière. Ils franchissent la lisière du bois. Après un temps d'arrêt, d'hésitation, ils continuent leur progression à travers champs, descendant vers la rivière où ils se regardent, et dont ils vérifient le fond à l'aide de leurs lances.

Ils font halte au sommet de la lande, d'où ils inspectent l'horizon. Combien de fois se sont-ils arrêtés là, n'osant poursuivre leur route, regardant au loin avec envie ces bois inaccessibles. Un vent chaud souffle, portant jusqu'à eux un appel étouffé.

N'est-ce pas la voix de la mère ?

L'enfant s'est retourné, mais la campagne n'a pas de limites. On dirait qu'elle ne conduit nulle part.

Les autres ont allumé un feu. Ils y jettent de la bruyère, des genêts. Puis, ils s'avancent vers l'enfant, empruntant, en pouffant de rire, les gestes cérémonieux des seigneurs de cour. Les filles ont ramassé des morceaux de bois dont elles jouent comme d'une flûte. Ils se rapprochent et l'entourent, le touchent du bout de leurs piques. L'enfant lève la main pour se faire un passage. On s'écarte. On l'accompagne. Il fait halte. On s'arrête en même temps que lui ; puis on l'encercle. On lui tire l'oreille. Quelqu'un le gifle.

Il a levé les coudes devant son visage. Une fille lui dit d'appeler sa mère. On lui donne l'ordre d'approcher du feu. On lui noue les mains dans le dos à l'aide d'un mouchoir. On couronne son front de branchages. Des garçons le poussent dans la fumée. Il s'agenouille.

Les enfants se sont rassemblés à l'écart. C'est le crépuscule. Ils forment, dans le faux jour, une petite troupe sombre ; puis ils jettent leurs piques et s'éloignent en silence.

Il est couvert de cendre et suit le flanc de la colline à pas lents, puis longe la rivière, la lande où dorment des fumées. Le soleil couchant éclaire le sous-bois, réveillant d'énormes insectes qui s'élèvent, dans un bruit d'élytres et plongent vers la vallée dont les sinuosités se dévoilent, de loin en loin. Le tracé crayeux des routes, serpentant le long des montagnes ou suivant une ligne droite au milieu des champs, s'efface.

Une automobile apparaît à l'horizon. Il s'arrête et suit, sans grand mal, son parcours. Tous ces lacets, qui paraissaient s'enchevêtrer, ne forment, en fait, qu'une seule et même route, cherchant son chemin dans le relief compliqué du terrain. D'abord, minuscule point noir, la voiture, peu à peu, grossit. Elle progresse sans bruit, glisse sans effort, guidée par ses deux lanternes, gravissant les côtes avec la souplesse d'une lente fusée, ou plongeant dans la vallée comme une étoile perdue.

Il a rejoint l'allée. La voiture vient à sa rencontre. Il s'arrête et la regarde passer. Le chauffeur est crispé sur le volant tandis que la tête de son voisin ballotte sur l'appui du dossier comme un colis mal arrimé. A l'arrière, deux ombres se sont redressées pour voir l'enfant que les phares éclairent un instant, tandis qu'à l'extérieur de la portière, un bras pend et bat l'air, la main ouverte.

Lorsqu'il pénètre dans le parc, il ne fait pas encore complètement nuit. La voiture rouge des voyageurs, portières béantes, est arrêtée au pied de la terrasse. Il y a également d'autres voitures devant la maison.

La mère est seule sur le perron. Elle est tournée vers le couchant et se dresse sur la pointe des pieds. Elle fait un signe. On dirait un geste d'adieu, un appel.

D'un bond, l'enfant pourrait la rejoindre, mais elle est beaucoup plus loin qu'il ne l'imagine, ce qui explique pourquoi elle ne s'intéresse pas à lui. Elle descend l'escalier latéral et marche jusqu'au rond de tilleuls. On la voit, alors, lever les bras, tourner plusieurs fois sur elle-même comme si ses cheveux s'étaient accrochés aux branches. Elle reste ainsi un certain temps, immobile ou se penchant de côté, essayant de sortir du feuillage. Elle s'en libère enfin.

Une ombre apparaît derrière elle et la suit. Elle veut fuir. On lui saisit le bras pour l'entraîner. Elle résiste, secoue l'épaule afin de se dégager. L'ombre lui parle à voix basse, car à présent elle écoute, méfiante puis rassurée. Elle avance la main et tâte la nuit comme un visage.

L'enfant marche en direction du rond de tilleuls. Mais lorsqu'il parvient à proximité des arbres, elle a disparu.

De l'autre côté de la maison, les fenêtres du rez-de-chaussée sont ouvertes et violemment éclairées. Sur les routes et dans les fermes, on sait donc qu'il se passe, ici, une fête inhabituelle.

Une certaine agitation règne dans la maison, mais rien n'indique que les gens s'amusent. Les éclats de voix, les rires sont isolés. On a pris soin de mettre en marche un phonographe, mais sa musique n'attire pas de danseurs. Cet air de tango s'adresse aux arbres du parc, et les couples qui se promènent savent qu'ils ne danseront pas, que cette soirée n'est qu'une expérience, peut-être une épreuve. Ceux qui se penchent aux fenêtres, en regardant la nuit, attendent un événement, un cri peut-être.

Des fauteuils de jardin sont disposés en demi-cercle devant la maison. Quelqu'un les a tirés dehors pour que l'on vienne s'y asseoir et parler à voix basse. Mais ils sont vides. Sous les lampes du salon, des couples bavardent ; d'autres se tiennent à l'écart et chuchotent. Quelques solitaires passent d'une pièce à l'autre d'un air égaré. Rien n'indique que ces gens sachent au juste ce qu'ils font là.

Leur rire dissimule l'appréhension d'un accident dont ils se sentent déjà responsables. Accident lié à leur existence, au fait qu'ils sont ensemble pour une soirée qui s'enfuit, qu'ils ne peuvent retenir, qu'ils n'ont d'ailleurs pas envie de prolonger.

L'enfant a fait quelques pas. Aux balcons, des silhouettes désœuvrées lui font des signes, mais il feint de les ignorer. Il découvre que les fauteuils, rassemblés devant la maison, ne sont pas vides. Dans l'un d'eux, se trouve un enfant dont les bras sont allongés le long du corps. Une couverture protège ses jambes. Sur les autres sièges, on croit reconnaître la silhouette d'automobilistes noyés dans de rigides houppelandes. Mais les vêtements sont vides, tout simplement posés sur les fauteuils, non pas en bon ordre, mais abandonnés comme si leurs occupants les avaient quittés, soudain, en y laissant imprimée la position de leur corps lorsqu'ils étaient assis, et aussi son épaisseur avec des creux par-ci, par-là, et des plis exprimant une grande détresse. Bien sûr, il ne reste rien des jambes, encore moins de la tête et des mains. La pénombre aidant, on n'a pas grand mal à reconstituer la corpulence des individus et à imaginer leurs gestes familiers. Ce sont des manteaux de voyage, confortables, dont les manches pendent sur le bras des fauteuils et cherchent quelque chose à terre. Des écharpes de couleur, une casquette à carreaux, des lunettes de mica, des gants de cuir qui ont gardé la forme des mains sur le volant, composent un ensemble d'accessoires qui évoquent la puissance.

Les voyageurs se sont sans doute mêlés aux invités. Il serait vain de chercher à les reconnaître. Privés de leurs lunettes et de leurs manteaux, ce ne sont que de chétives personnes, très ordinaires, affables et même craintives. Il est surprenant qu'ils aient délibérément retiré leurs manteaux. Et l'enfant reste à une certaine distance de peur que, revenant sur leur décision, ils ne surgissent, tout à coup, de l'obscurité et se précipitent sur leurs vêtements.

Le garçon l'a vu. Il a tourné la tête de son côté, dans un visible effort des épaules et du cou, surpris de retrouver ce visage déjà rencontré. On dirait qu'il ébauche un geste, qu'il essaie de remuer la main, de la tendre. C'est une grande main fine. Elle pourrait être celle d'une femme, alors que l'enfant a dans l'esprit l'image d'une main plus petite, plus maladive. Le garçon a changé, vieilli. L'enfant, lui aussi, a vieilli. Un temps assez long s'est écoulé depuis leur dernière rencontre.

Mais la main du jeune garçon n'avance pas vraiment vers lui. C'est plutôt un mouvement de crainte, pareil à celui qu'éveillerait l'apparition d'un inconnu. L'enfant aurait donc le pouvoir de faire peur. Est-ce son aspect physique qui inspire un si grand trouble ?

Il voudrait approcher davantage, mais deux ombres sortent, tout à coup, du salon et entourent le jeune garçon. On lui demande, à mi-voix, s'il n'a pas eu froid. Sans attendre sa réponse, on le soulève avec précaution. On l'emmène.

L'enfant suit le cortège jusqu'à l'entrée du salon où il le perd de vue. Des invités viennent au-devant de lui, le prennent par le bras et l'entraînent dans un coin de la pièce où d'autres personnes se trouvent réunies. Il passe alors de mains en mains. On le palpe, on lui pince la joue en riant, on le caresse, on lui demande son nom. On l'attire encore un peu plus près, on le cajole, et l'on rit aussi. Il est maintenant entouré de rires, de mains qui se tendent pour le tâter, se l'approprier. Chacun veut l'embrasser et prononce tout bas, à son oreille, des paroles qui l'étonnent. On lui baise les cheveux. Quelqu'un voudrait le prendre sur ses genoux, mais d'autres s'indignent en plaisantant.

Des gens se sont enfin décidés à danser, sans entrain, l'air grave et préoccupé. Des convives, restés au balcon, tournent le dos à la salle, de sorte que l'enfant ne voit pas mieux leur visage que lorsqu'il se trouvait dans le parc. On dirait qu'ils attendent un châtiment, tandis que ceux qui font cercle autour des danseurs sont déjà punis, frappés par une image dont ils cherchent vainement à distraire leur esprit.

Soudain, le père apparaît. Il vient du jardin et entre par le perron. Il domine les danseurs de sa haute taille mais personne ne l'a remarqué. Son regard est gris, voilé. Il a vu dans la nuit quelque chose qui l'a effrayé. A présent, la lumière l'aveugle. Il voudrait traverser le salon, mais se ravise. Il longe le mur, disparaît dans la salle à manger où la table est nue, entourée de chaises vides. Il y a, sur la desserte, un bouquet de fleurs jaunes que la mère a cueillies le matin. Il revient, s'approche d'une fenêtre mais n'ose s'y pencher pour ne pas déranger ceux qui y sont accoudés. Il se retourne et s'égare au milieu des danseurs.

L'enfant ne le quitte pas des yeux. Va-t-il enfin lui adresser un sourire, venir à lui, faire un geste pour imposer silence ? Mais il feint d'ignorer son fils.

L'enfant est seul sur le palier. Il tâtonne dans l'obscurité. La chambre de la mère se trouve à l'extrémité du corridor. Sa porte est ouverte. La lune éclaire le couloir et dessine un rectangle brisé sur le mur opposé. Une distance assez grande le sépare de cette tache de lumière.

Il entend la voix de la mère. C'est une voix plaintive, faible, parfois chantante comme un signal mystérieux, pour expliquer qu'elle est là, mais qu'il faut la laisser seule. L'enfant reste immobile, partagé entre le désir de la rejoindre et celui d'attendre, bercé par cette plainte entrecoupée de rires, de balbutiements, de paroles sourdes prononcées tout bas.

Et tout à coup, elle apparaît, les cheveux dépeignés, répandus sur ses épaules, le visage décomposé par l'éclat de la lune, mais également creusé d'une autre manière, vidé de l'intérieur par une soif horrible.

Est-ce vraiment la mère ? Elle marche à reculons, d'un pas inquiet, s'arrête contre le mur en s'y adossant de tout son poids tandis que, précédé par son ombre, un homme surgit de la chambre, tend les bras vers elle, lui saisit les mains et l'attire vers l'intérieur de la pièce, d'un mouvement irrésistible et si impérieux qu'elle paraît bondir en avant, se jeter dans le vide et se noyer dans la clarté du ciel étoilé.

IV

La porte de la chambre est ouverte sur un long corridor, assez sombre, au bout duquel il y a un mur, dissimulé par une tapisserie délavée dont les plis cachent le dessin. Une fenêtre, qu'il est difficile de situer, donne un peu de lumière.

Sur les murs du couloir sont accrochées des gravures dont les verres, selon l'heure du jour, reflètent une clarté venant d'on ne sait où, de curieuses images représentant l'intérieur d'une chambre, ou les maisons d'une rue inconnue. Ainsi, en reproduisant, à l'envers, certaines parties de l'appartement, les glaces des tableaux les métamorphosent, les dénaturent comme s'il existait dans la maison des pièces introuvables, irréelles et, dans le port, des avenues que personne ne fréquente.

Au fond du couloir, se dresse une armoire dont le battant reste souvent entrouvert, et dans laquelle l'enfant n'aperçoit que du noir comme si elle ouvrait sur quelque grand trou. La mère y place des vêtements ou des cartons, mais sans jamais vraiment les ranger. On dirait, plutôt, qu'elle les y jette, pour qu'ils disparaissent dans les ténèbres. Du reste, personne n'en retire jamais rien.

Suspendus à des patères, toutes sortes de manteaux se décrochent, quelquefois d'eux-mêmes, et forment dans le couloir une masse molle, rappelant singulièrement la forme d'un corps tapi. A mi-distance de la chambre et de l'armoire, un autre corridor, perpendiculaire au premier, est aussi mal éclairé. Il conduit vers des pièces ensoleillées, protégées par des stores qui, les jours de chaleur, ont une odeur de toile brûlée. Leur lumière orange, lorsqu'une

148

porte vient à s'ouvrir, se répand passagèrement dans l'appartement, qui prend un air de fête.

Dehors, quelques arbres, vus du balcon des chambres, forment un lac paisible. L'enfant entend, à certaines heures du jour, la sirène des bateaux.

Ce noir corridor n'offre que de rares distractions. La silhouette de la mère passe rapidement devant la tapisserie, sans qu'il soit possible de comprendre d'où elle vient ni où elle va. Tantôt, elle paraît accompagner quelqu'un qui reste invisible ; tantôt seule, parée d'une longue robe à traîne, elle surgit, les cheveux décoiffés et s'éclipse aussitôt.

Le père se montre rarement. On entend quelquefois ses pas, mais le plus souvent, il fait demi-tour dans le couloir, revient, s'éloigne encore. Sa démarche ne trompe pas : il veut sortir. Pourtant, un obstacle mystérieux lui interdit de quitter l'appartement. Et puis c'est le silence. On pourrait croire, alors, qu'il s'est jeté dans le vide.

Mais vient-il plutôt de s'asseoir, face à une fenêtre d'où il regarde les toits ; à moins qu'il n'ait pris un journal qui traînait là, ou n'importe quel objet à sa portée, ses jumelles par exemple, pour regarder ce que personne ne voit jamais, l'intérieur des maisons, peut-être les mâts des navires ancrés dans le port.

Bien sûr, il lui arrive de traverser le couloir mais, de peur de se raviser, il s'y précipite et ne tarde pas à se livrer à toutes sortes de mouvements inquiets, comme s'il ne savait plus ce qu'il faisait là et se trouvait, tout à coup, perdu. L'air désinvolte, il ouvre l'armoire et y jette quelque objet ; puis il s'en retourne, aussitôt, chez lui.

Il est difficile d'expliquer pourquoi la porte de la chambre reste si souvent ouverte. Afin de mieux éclairer le couloir ? Ou bien, la mère veut-elle rassurer l'enfant, lui donner l'impression que, s'il appelle, on l'entendra. Mais l'appartement est vaste, et ses appels sont rarement entendus, sinon des voisins dont, à travers le mur mitoyen, les protestations s'élèvent aussitôt, à coups de poing répétés.

Quand l'appartement n'est pas silencieux un tumulte sourd vient du salon, traversé de rires, de voix solennelles ; ou bien c'est la mère qui téléphone. On dirait alors, qu'elle entretient un dialogue imaginaire, par espièglerie, pour se distraire et feindre ainsi, à l'égard de ceux qui, dans la maison, l'écoutent, de mener une vie secrète et enchanteresse, en liaison avec des personnes inconnues qui, de toutes parts, l'appellent et la pressent d'aller les rejoindre.

L'enfant détourne les yeux du couloir. Les deux fenêtres de sa chambre, l'une sur la cour, l'autre sur la rue, offrent un spectacle plus vivant. Ce qui se passe dehors paraît plus proche, plus vrai. Les gens de la rue, ceux qui se penchent aux balcons, les oiseaux sur les cheminées des toits, tout cela, en définitive, a plus de réalité que l'ombre de la mère traversant le corridor.

Ne suffirait-il pas, en effet, d'ouvrir la fenêtre pour que les oiseaux s'envolent et que les gens désignent l'enfant du doigt ?

Les volets de la chambre sont souvent fermés, mais il est toujours possible d'imaginer ce qui se passe dans la cour ou dans la rue, en suivant des yeux les ombres qui filtrent par le haut du rideau. Il y a aussi les jouets, figés dans une immobilité menaçante, comme s'ils attendaient on ne sait quel signal pour se mettre en mouvement et exprimer d'inimaginables revendications. Un cube, un rail, une main de poupée, le ceinturon d'une panoplie, deviennent l'ébauche d'une activité douloureusement réprimée. Le cube inspire l'image de constructions gigantesques, cathédrales, colonnes antiques, viaducs. Le rail s'étire, traverse la fenêtre et le port, enjambe l'océan. La main de poupée s'ouvre pour saisir, exiger un contact. Le ceinturon se retourne comme un serpent, montrant l'intérieur de sa boucle nickelée, prêt à frapper.

L'enfant se lève, tâtonne. Son index trace une route déserte sur le marbre de la cheminée. Sa paume effleure la tenture dans un bruit de feu. Les poignées de la commode deviennent, dans ses mains, les leviers d'une dangereuse machine.

Du côté de la cour, le ciel a la couleur du soufre. Les cheminées des toits dégorgent une fumée blanche. Des fenêtres s'éteignent, d'autres restent allumées. Derrière les rideaux de tulle, des gens marchent d'un meuble à l'autre, d'un mur à l'autre, généralement dans une tenue matinale, mais quelquefois en costume de soirée, comme s'ils venaient tout juste de rentrer d'une nuit de plaisir ou s'apprêtaient à sortir, ignorant l'heure, se moquant du temps, décidés à vivre enfin comme il leur plaît. Parfois, c'est un jeune homme, ou une jeune fille, assis à une table, absorbé par la lecture d'un important ouvrage. La position affaissée du corps indique que l'attention du lecteur ne s'est pas relâchée depuis la veille, qu'il n'a pas vu poindre le jour et qu'il s'apprête à prolonger son travail de longues heures, sans prendre un instant de repos, accumulant de mystérieuses connaissances dont il ne pourra estimer le bienfait que dans un temps éloigné, peut-être même jamais de son vivant, comme si cette captivante lecture alimentait d'abord en lui un être invisible et éternel, se passant de sommeil et de nourriture, indifférent au jour et à la nuit, tandis que le corps accoudé à la table se tasse peu à peu, la tête maintenue dans les deux mains pour retarder le moment où il va basculer en avant et s'écrouler.

Est-ce l'aube qui vient, ou la nuit ? Sur les balcons noirs, des bonnes en tablier blanc tirent les volets des fenêtres ou les ouvrent et restent immobiles, regardant les nuages.

De l'autre côté de la chambre, le ciel est bleu. Une lumière matinale de plein été éclaire la rue et ses belles façades de granit. Les fenêtres découvrent de vastes pièces

154

dont, à cause du faux jour, l'enfant ne distingue pas l'ameublement mais seulement, selon l'inclinaison du soleil, des reflets de boiseries, l'éclat d'une glace, la chaîne cuivrée d'un lustre. Les domestiques — de ce côté-ci, ce sont des hommes — viennent rarement aux fenêtres et ne s'y risquent que prudemment pour s'en retirer aussitôt d'un mouvement brusque, comme s'ils redoutaient quelque projectile lancé de la rue. Aussi évoluent-ils, en général, au fond des pièces, longeant le mur d'un pas inquiet. De temps à autre, les maîtres apparaissent à leur tour. Ils n'hésitent pas à se montrer aux fenêtres, l'air courroucé. Mais, le plus souvent, ils ne font que passer, les bras en avant, d'un pas léger, comme des fées courant à la poursuite de quelque papillon de nuit.

Aux étages supérieurs il y a d'autres pièces vides : salles de réception, salles de jeux sans doute, chambres de maîtres. L'une d'elles est située en face de celle de l'enfant. Malgré la pénombre, l'habitude

155

aidant, l'enfant connaît l'emplacement du lit, de la table de travail, de la toilette. Avec le temps et malgré la distance, les objets ont pris une forme peut-être inventée mais précise. Cette pièce est devenue vivante, familière. Quant à celui qui l'occupe, imitant les valets, il reste généralement dans l'ombre. L'enfant lui a donné un visage, celui d'un autre enfant rencontré sur la plage, à l'hôtel, à la campagne, et un corps à peu près identique, un peu moins chétif, il est vrai. Il se montre parfois sans vêtements, soit à la sortie du lit, soit devant la toilette, face à la glace où il se contemple, en promenant longuement les mains sur ses fesses. Quelquefois, bien que tout habillé et assis de profil devant sa table, il ouvre son pantalon, sans raison, et l'abaisse jusqu'à mi-cuisses. Alors, il se tourne vers la rue et lève la tête comme s'il regardait la fenêtre de l'enfant. Mais l'enfant détourne les yeux.

Poussés par la brise, les volets se déplacent, en modifiant l'éclairage de la chambre. L'enfant n'est pas seul. Une femme en noir se tient dans l'ombre, et rarement de face. La plupart du temps, elle est agenouillée, en train de découper, avec des ciseaux, des morceaux de tissu dont le déchirement crépite, à intervalles réguliers. Elle plie et déplie sans se lasser du linge qu'elle ramasse derrière elle. Elle palpe des vêtements, avec l'air d'y chercher quelque défaut. De temps en temps, ses mains surgissent de la pénombre, s'intéressent aux jouets qu'elles changent de place, dont elles rassemblent les morceaux brisés. Elles errent sur le lit, tirent les draps, battent l'oreiller. Mais elles ne viennent jamais sur l'enfant. Ce sont des mains singulièrement neutres, incolores, usées, des mains errantes. Si par hasard elles se trouvent inoccupées, les doigts s'entrouvrent lentement, découvrant l'intérieur de la paume. On dirait alors qu'elles vont mourir.

C'est la même femme qui marche à côté de lui, dans la rue, sur le trottoir que bordent de grands arbres. La rue est longue, constamment éclairée à l'une de ses extrémités par un immense brasier, la mer. Mais l'enfant ne descend jamais jusqu'au port. La femme, en cours de route, fait toujours demi-tour. A l'autre extrémité de l'avenue, apparaissent de grands jardins et, sur le trottoir opposé, les façades sombres que l'enfant pouvait observer entre les volets de sa chambre.

Les portes cochères sont grandes ouvertes sur des cours intérieures, où l'enfant aperçoit des voitures aux carrosseries brillantes, des murs couverts de treillages en bois, quelquefois un cheval, plus rarement des enfants jouant à la balle ; mais leur corps n'a pas de relief, comme s'ils étaient le reflet d'un bonheur impossible. Certaines cours évoquent des jardins d'hiver où l'on devine des escaliers de pierre, indiquant l'accès d'appartements interdits.

L'enfant s'arrête souvent devant l'une de ces cours où stationne en permanence une voiture rouge. Elle se présente de biais, les roues tournées vers la voûte de la porte cochère, les portières ouvertes, la capote baissée, le porte-bagages arrière chargé d'une lourde malle d'osier. Des voyageurs, pour le moment invisibles, se préparent à y monter et vont apparaître d'un instant à l'autre. Mais l'auto reste vide, abandonnée, oubliée par ses propriétaires. N'est-elle pas là, tout simplement pour la décoration, comme un véhicule de musée qui aurait une glorieuse histoire et qu'il ne saurait être question de mettre en route ou de toucher ? L'automobile — est-ce une illusion d'optique — n'est-elle pas plus large que le chemin qui passe sous la voûte ? Elle ne peut sortir de la cour. Elle y est, en quelque sorte, prisonnière, sans qu'il soit possible, pour autant, d'expliquer comment elle y est entrée.

Une allée plus large s'ouvre sur une partie invisible de la cour, une allée paisible, bordée de gazon et creusée au milieu des immeubles. Mais les passants ne s'intéressent guère à ce qui se passe dans cette maison, comme si la vie qui s'y déroulait n'avait rien de commun avec la vie de la rue et concernait des êtres inaccessibles, ne sortant en ville que par des voies secrètes.

Le garçon qu'il voyait de sa chambre lui fait parfois des signes de la fenêtre. Une jeune femme se tient derrière lui, comme pour l'empêcher de tomber. La tête inclinée de côté, le visage souvent levé vers le ciel, il cherche à voir celle qui le surveille, ou à lui expliquer quelque chose qu'elle ne comprend pas. Peut-être lui demande-t-il de sortir pour rejoindre l'enfant ; mais il est clair qu'elle ne l'écoute pas. Est-ce sa mère à lui ?

Un jour, il apparaît devant la porte cochère, ou sur un banc, face à la rue, les jambes pendantes, la tête inclinée de côté.

160

Une autre fois, il traverse le jardin public d'un pas craintif, précédé par sa surveillante qui l'entraîne dans des allées désertes, bordées d'arceaux, où il disparaît.

L'enfant le revoit entre deux buissons, derrière une rangée d'arbres, ou de l'autre côté d'une pièce d'eau, mais sans le rejoindre jamais, comme s'il suivait un circuit imprévisible et improvisé ou abordait des sentiers jusqu'alors inconnus, créant ainsi de nouvelles perspectives, des dimensions inattendues qui modifient l'aspect du parc. Les gazons deviennent d'immenses prés infranchissables, la vraie distance qui sépare l'enfant de l'autre enfant ne se situant plus dans l'espace mais dans une certaine durée, comme s'ils appartenaient l'un et l'autre à deux mondes séparés.

Ils ont renoncé à se retrouver dans le parc, malgré la topographie sommaire des lieux, dont chacun, parce qu'il en a une mémoire différente, se fait un univers clos.

La poussière des allées, les embruns des

161

jets d'eau, la rumeur du port, forment à présent autour de l'enfant un cachot de verre dans un ciel absolument vide. Ce qu'il entend, ce qu'il respire, l'isolent, sans qu'il sache de quoi il est séparé ni ce dont il désire se rapprocher. Ainsi, lorsque la mère apparaît par hasard entre les arbres du parc, remontant vers l'avenue d'un pas pressé, on dirait qu'elle se trouve à une grande distance. Il est donc vain de lui faire des signes ou de courir vers elle. Du reste, lorsqu'elle se retourne, il s'arrête et attend qu'elle s'éloigne.

Quand elle se penche au balcon de l'appartement, vers midi, ce n'est pas l'enfant qu'elle regarde dans la rue. Ce n'est pas davantage à lui qu'elle adresse des signes. Elle guette quelqu'un qu'il ne voit pas et qui marche derrière lui, longeant le trottoir sous les arbres. Mais il est possible qu'elle ne soit là que par hasard, ses gestes ne s'adressant à personne.

C'est l'heure la plus chaude de la journée.
En traversant la cour, il éprouve une sensation de fraîcheur. Mais, dès qu'il pousse
la porte de l'appartement, une bouffée d'air
brûlant l'envahit. Au salon, dont les volets
sont tirés, la mère est assise au piano. Elle
joue un morceau de musique souvent
entendu, en plaquant de graves accords
qu'elle accompagne, de temps en temps,
d'un chant un peu sourd, sans qu'il soit
possible d'en comprendre les paroles, sauf
une seule, revenant constamment, pareille à
une plainte : « toi »... « toi »... « toi ».

Ce « toi » qu'elle répète sans cesse
devient, peu à peu, une forme humaine,
perdue dans la pénombre, et qu'elle est
seule à voir. Car, toutes les autres paroles
de son chant se confondent dans une sorte
d'appel inquiet, comme si les mots conçus
dans son esprit s'étranglaient au fond de
sa gorge pour devenir un refrain. Les lèvres
serrées, le visage tendu, elle cherche, dans
l'obscurité des volets clos, à déchiffrer une
partition imaginaire. Quelquefois, elle

163

tourne la tête du côté de la porte, devant laquelle l'enfant s'est arrêté.

Le père apparaît au fond du couloir, en pleine lumière. Comprend-il ce que signifie ce chant ? Ou bien, l'habitude aidant, y est-il devenu aussi indifférent qu'aux bruits de la rue, s'isolant dans ses pensées, peut-être ne pensant à rien, mais attendant, dans le vide volontaire de son esprit, quelque révélation où il va puiser, enfin, une force pour agir.

La mère ne chante plus. Elle se lève et marche de long en large, puis en suivant les murs. On dirait qu'elle cherche à quitter la pièce, mais n'ose s'y décider. A présent, elle va de la fenêtre à la porte, sans se risquer à en franchir le seuil, à cause de l'enfant qui lui barre la route du vestibule, tandis que le balcon forme sur le vide une corbeille d'acier.

Elle s'arrête, réfléchit, écoute, les bras ballants, à la fois indifférente et inquiète, convaincue d'un danger imminent, attendu depuis longtemps et même appelé en vain.

La cloche d'une église a sonné. Elle sonne ainsi tous les jours, à la même heure.

Le père est au bout du corridor, immobile, comme s'il venait, lui aussi, de voir quelque chose de menaçant dans le ciel et ne savait que faire pour conjurer ce péril.

Il se met en marche. Il avance dans le couloir, à tâtons, longeant le mur selon son habitude, la main droite errant sur la tenture. Par malheur, les volets de sa chambre se sont refermés d'un seul coup. On ne le distingue donc presque plus. Mais on entend, avec une surprenante netteté, sa respiration et son corps frôlant la cloison.

Il avance avec prudence. Il hésite.

Il poursuit sa marche.

La mère l'écoute. Elle s'est tournée du côté de la fenêtre. Quand le père apparaît à l'entrée du salon, elle se présente de biais, la main posée sur le dossier d'un siège. Son rôle est achevé. Tout ce qui va se passer, à présent, ne dépend plus d'elle.

Le père ne paraît pas comprendre ce qui l'a conduit ici. Il touche les meubles, promène les yeux autour de lui. On dirait qu'il est venu contre son gré, appelé par une voix qu'il n'entend plus, ou attiré par une présence qu'il cherche en vain. Il approche du piano et ferme le clavier. Le visage tendu vers la mère, il attend qu'elle se tourne vers lui. Mais elle reste immobile. Il voudrait parler, mais lorsqu'il ouvre la bouche, sa voix ressemble à un hennissement.

A présent, la mère est à genoux. Elle s'est laissée tomber sur le côté, contre le mur. Un peu de sang coule de sa bouche. Elle s'essuie avec son mouchoir qu'elle retire, non sans mal, de sa ceinture. Elle sourit à l'enfant et fronce les sourcils afin qu'il n'approche pas. Puis elle tend les bras vers lui. Ses deux mains sont grandes ouvertes. L'une d'elles est tachée par le sang du mouchoir qui est tombé à terre. Le sang est déjà sec, mais il forme une empreinte sur les paumes. Bien sûr, elle ne voit pas l'intérieur de ses mains. Elle ne sait pas qu'elle a l'air de montrer son sang. Elle ne sait pas davantage qu'elle est blessée. Elle ne parle pas. Ses bras retombent le long de son corps. Elle incline la tête.

L'enfant peut encore approcher d'elle. Elle lui parle, le caresse, tout en s'affairant à des travaux inhabituels. Elle vide des armoires, trie des vêtements, remplit des malles. Elle relit longuement des lettres, les classe ou les déchire.

L'épiant devant la porte de sa chambre ou, de préférence, du fond du corridor, l'enfant se trouve, à la fois, près d'elle et loin d'elle, protégé par la pénombre et surveillant ses gestes. De la sorte, il la sent plus proche, c'est-à-dire si loin qu'il lui semble impossible qu'elle s'éloigne davantage.

Le bout du corridor est aussi le bout du monde.

Elle s'allonge sur son lit, les mains sous la nuque, les yeux tournés vers la fenêtre.

Elle se laisse tomber sur une chaise, allume une cigarette qui se consume entre ses doigts. Elle regarde, distraite, la fumée monter vers le plafond. Parfois elle s'accoude à la fenêtre, et soupire. Elle appelle l'enfant, d'une voix un peu étouffée, timide.

Mais l'enfant n'ose bouger.

Il sait que s'il avance, il entendra le pas du père. Une main viendra se poser sur son épaule. Pourtant, le père reste invisible. Il est là tout près, qui rôde à travers l'appartement en profitant de la pénombre des couloirs. Il reste constamment silencieux, toussotant dans l'obscurité pour signaler sa présence, ou se détachant, au fond du corridor, dans la lumière éclatante du jour. Ce qui frappe alors, c'est le calme et la dignité de ses traits, ce regard tourné vers le jour, les paupières mi-closes, ces lèvres presque souriantes, qui semblent chercher on ne sait quel oubli. Le visage de la mère, à son tour, surgit dans une auréole de clarté, pareil à un profil de médaille, le cou tendu, la bouche entrouverte.

Ainsi, paraissent-ils, l'un et l'autre, se fuir et se poursuivre.

On entend des bruits de pas, le craquement d'un meuble, un soupir, le nom de l'enfant prononcé tout bas, sans qu'il soit possible de reconnaître d'où vient cet appel, s'il s'agit vraiment d'un appel ou d'une parole prononcée par hasard.

Le silence s'est installé dans l'appartement, progressivement, de jour en jour, d'heure en heure. C'est un silence qui étonne, qui inquiète. Les bruits de la rue ressemblent à celui de la houle. La chambre de la mère, dont les volets ont été tirés, est noire ; mais la porte est restée entrouverte. Le silence vient de cette pièce. Il y prend sa respiration.

Le père est là. Il se tient debout, dans un coin du vestibule, appuyé contre le mur, le visage levé vers la porte d'entrée, comme s'il guettait l'ascenseur ou quelque bruit de pas dans l'escalier. On dirait qu'il va se précipiter en avant. Mais il ne peut bouger. Dans la pénombre, l'enfant reconnaît une odeur qui ressemble à celle de la mère. C'est le parfum d'une robe qu'elle portait à la plage. Cette odeur vient de la chambre vide.

Il est difficile de se faire une idée de l'heure, mais il doit être assez tard dans la journée.

Le père marche derrière l'enfant, la main posée sur son épaule. L'enfant obéit à la pression de cette main qui le dirige le long des quais où sont amarrés les navires. Ils marchent vite, d'un pas régulier. La chaleur du jour s'est dissipée, balayée par la brise de l'océan dont on aperçoit, au-delà de la jetée, la ligne d'acier.

Ils se sont arrêtés côte à côte. Ils ont même reculé de quelques pas.

La mère est là, devant la coupée d'un cargo. Des gamins sont rassemblés autour d'elle et tendent le bras, pour demander l'aumône. Elle leur sourit. Tout en reculant lentement, elle leur jette quelques pièces de monnaie qu'ils attrapent au vol en poussant des cris aigus. Un peu plus loin, à l'aide d'un palan, des matelots hissent des bagages à bord. L'enfant reconnaît les valises qu'ils emportaient en vacances, à la mer, aux eaux, à la campagne. Il les suit des yeux jusqu'au pont du navire où d'autres matelots les attendent, les bras ouverts, comme un bien venu du ciel.

La mère est pâle. Elle a mis le pied sur l'échelle de coupée. Les gamins n'osent approcher davantage. Ils se tiennent à une certaine distance, attentifs, les jambes tendues, prêts à bondir en avant si elle leur faisait signe d'approcher. Quelques-uns, à genoux dans la poussière, cherchent des pièces perdues.

Elle monte l'échelle en relevant le bas de sa robe qu'elle serre contre ses genoux ; puis elle s'arrête, la main appuyée sur la rampe de corde. A cause de la distance, et bien qu'elle soit nu-tête, il n'est pas possible de suivre le mouvement de ses yeux. A-t-elle vu l'enfant ? Cherche-t-elle d'où vient ce regard qui la traverse ?

Sur le pont, un homme est apparu le long du bastingage. Il a retiré son panama blanc qu'il agite, comme s'il voulait remercier les gamins, ou les chasser, ou s'éventer le visage. Il ne tarde pas à s'éclipser, mais réapparaît, presque aussitôt, derrière un hublot de la coursive, de profil, avançant la tête comme pour épier, puis la retirant prestement pour la présenter plus loin à un autre hublot, puis à un autre encore. Ainsi, semble-t-il passer de cabine en cabine à une vitesse prodigieuse, afin de surveiller ce qui se passe sur le quai. Mais ses apparitions sont si rapides qu'on ne le distingue plus des passagers qui guettent le moment du départ et qu'intriguent peut-être cet homme et cet enfant, debout, côte à côte, sur le débarcadère.

Un coup de sirène a retenti. Le long du quai des hommes larguent les amarres.

Sur l'avant du navire, un officier gesticule et fait de grands signes.

L'enfant veut approcher, mais la main du père le retient. Alors, il écarte les bras, ouvre la bouche.

Il a crié.

ACHEVÉ D'IMPRIMER
EN AVRIL 1966 PAR
EMMANUEL GREVIN et FILS
A LAGNY-SUR-MARNE

Dépôt légal : 2e trimestre 1966.
N° d'Édition : 11709. — N° d'Impression : 8419.
Imprimé en France.